AF525476

SOPHIE KINSELLA

Mami Fee & ich

Die wunderbare Meerjungfrau

SOPHIE KINSELLA

Mami Fee & ich

DIE WUNDERBARE MEERJUNGFRAU

Aus dem Englischen
von Anja Galić

cbj

Bei diesem Buch wurden die durch das verwendete Material und die Produktion entstandenen CO_2-Emissionen ausgeglichen, indem der cbj-Verlag ein Projekt zur Aufforstung in Brasilien unterstützt.
Weitere Informationen zu dem Projekt unter:
www.ClimatePartner.com/14044-1912-1001

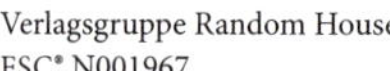

Für Max und Sophia

1. Auflage 2020

Die englische Originalausgabe erschien 2020 unter dem Titel »Meermaid Magic« bei Puffin Books, einem Imprint der Verlagsgruppe Penguin Random House Ltd., London
Übersetzung: Anja Galić
Umschlagkonzeption: *zeichenpool, München
Umschlag- und Innenillustrationen: Frau Annika
MP • Herstellung: MJ
Druck: Grafisches Centrum Cuno, Calbe
ISBN 978-3-570-17726-6
Printed in Germany

www.cbj-verlag.de
Dieses Buch ist auch als E-Book erhältlich.

INHALT

MAMI FEE UND ICH ... 11

MEERJUNGFRAU-IBUS!
Die geniale Walrettung
und ein zauberhafter Talisman ... 16

VULKANIBUS!
Wissenschaft ist die tollste Magie ... 40

TÖPFERIBUS!
Eine Feen-Familie außer Rand und Band ... 66

SCHNAPPERIBUS!
Die fiese Feenkönigin und
ein wunderbare Meerjungfrau ... 90

Das sind wir: Mami Fee & ich

Hallihallo

Ich heiße Ella Brook und lebe mit meiner Mami, meinem Papi und meinem kleinen Bruder in Cherrywood.

Meine Mami sieht aus wie eine ganz normale, liebe Mami … aber das ist sie nicht. Sie kann sich nämlich in eine Fee verwandeln.

Dafür muss sie bloß drei Mal mit dem Fuß aufstampfen, in die Hände klatschen, mit dem Po wackeln, laut »Marshmallow« rufen und … TADAAA!

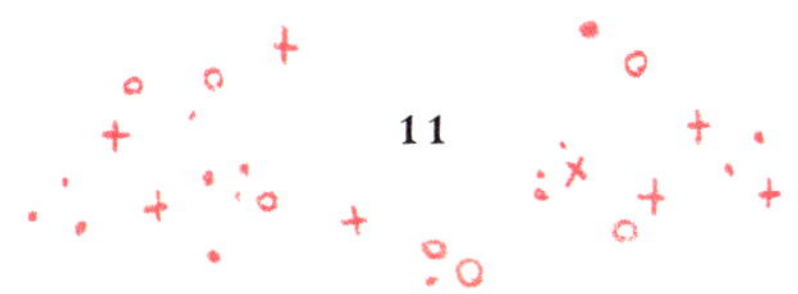

Schon ist sie schwuppdiwupp Mami Fee. Und wenn sie wieder eine ganz normale Mami sein will, sagt sie einfach: »Kandierter Apfel.«

Meine Tante Jo und meine Omi sind auch Feen. Alle Mädchen aus meiner Familie verwandeln sich in eine Fee, wenn sie groß sind. Sie können fliegen, sich unsichtbar machen und richtig zaubern. Mami und Tante Jo haben außerdem einen supercoolen Zauberstab. Er heißt Magic Smart V5 und ist gleichzeitig ein kleiner Computer mit magischem Display, Feen-Apps, Feen-

Mail-Programm und Feen-Spielen!

Mami hat manchmal Probleme damit, die richtige Zauberformel zu finden, obwohl sie sich wirklich wahnsinnig anstrengt und jede Woche mit ihrer Feen-Lehrerin Fenella auf FeeTube Zaubersprüche übt. Aber eines Tages wird sie richtig gut zaubern können, da bin ich mir ganz sicher. Wenn ich groß bin, werde ich auch eine Fee sein! Mami nennt mich immer ihre kleine Junior-Fee. Wenn es so weit ist, werden mir schimmernde Flügel wachsen und ich werde meine eigene wunderschöne funkelnde Krone haben und genau wie Mami zaubern können.

Es ist aber ein riesengroßes Geheimnis, dass ich eine Junior-Fee bin. Ich darf mit absolut niemandem darüber reden, noch nicht einmal mit meinen besten Freunden Tom und Lenka. Und erst recht nicht mit meiner Nicht-besten-Freundin Zoe. Sie wohnt im Haus nebenan und ist das gemeinste Mädchen aller Zeiten.

Manchmal habe ich ein bisschen Angst davor, was passiert, wenn Zoe je herausfindet, dass meine Mami eine Fee ist.

Aber bis jetzt ist das zum Glück noch nicht passiert.

Und es gibt noch *sooo* viele andere Dinge, die ich genauso toll finde wie Zaubern.

Mir macht es einen Riesenspaß zu malen und zu basteln. Ich mag Cupcakes und alles, was glitzert. Und ganz besonders mag ich Einhörner und Meerjungfrauen.

Manchmal wünsche ich mir, Mami würde mich in eine Meerjungfrau verwandeln.

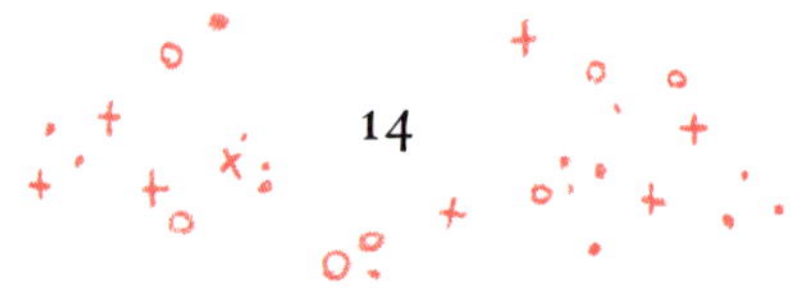

Wäre ich schon groß und eine richtige Fee, dann würde ich mich ganz sicher in eine Meerjungfrau verwandeln. Aber immer, wenn ich Mami darum bitte, sagt sie nur: »Mal sehen, Ella.«

MEERJUNGFRAU-IBUS!

Die geniale Walrettung und ein zauberhafter Talisman

Einmal haben wir einen Ausflug ans Meer gemacht. Dort gab es ein Strandcafé, in dem wir uns Kuchen kauften.

»Was für ein entzückendes kleines Kerlchen!«, rief die Besitzerin des Cafés, als sie meinen kleinen Bruder sah. »Darf ich ihn auch mal halten?«

Sie nahm Ollie auf den Arm und er strahlte sie sofort begeistert an.

»Nein, was bist du süß!«, sagte sie zu ihm. »Wie heißt du denn?«

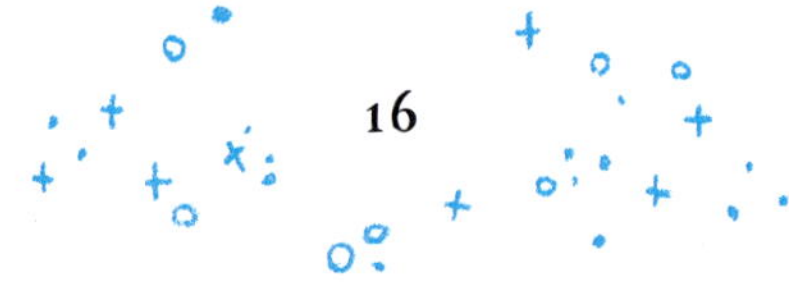

Wuzzi-wuzzi-wuzzi,

krähte er, und dann prustete er ihr den ganzen Kuchen, den er im Mund hatte, mitten ins Gesicht.

»Ollie!«, schimpfte Papi und nahm ihn wieder auf seinen Arm. »Bitte entschuldigen Sie!«

»Ach, halb so schlimm!« Die Frau wischte sich Kuchenkrümel und Zuckerguss-Stückchen aus den Augen. »Er hat es ja nicht mit Absicht gemacht.«

Erwachsene denken immer, dass Ollie irgendwelche Sachen nicht mit Absicht macht. Aber ich nicht. Ich glaube, er macht so was voll mit Absicht.

Bevor Ollie noch irgendwas anderes durch die Gegend prusten konnte, verabschiedeten wir uns von der Cafébesitzerin und gingen runter ans Meer. Papi

ließ Ollie auf seinen Schultern reiten und ich hüpfte über den Kieselsteinstrand.

Papi zeigte uns, wie man Steine übers Wasser springen lässt, danach bauten wir alle zusammen eine große Sandburg, und Ollie versuchte die ganze Zeit, sich Sand in den Mund zu stopfen.

Irgendwann sagte Mami, dass sie gern einen schönen langen Strandspaziergang machen würde.

Mit Ollie kann man keine schönen langen Spaziergänge machen, weil er sich schon nach ein paar Metern auf den Boden hockt und losschreit. Aber Papi sagte, Mami und ich sollten ruhig auf Entdeckungstour gehen und dass er sich um Ollie kümmern würde.

»Haltet die Augen auf, vielleicht findet ihr ja einen vergrabenen Schatz!«, sagte er.

»Aye, aye, Sir!«, antwortete Mami. »Bereit zum Aufbruch, Käpt'n Ella?«

Wir spazierten am Strand entlang zur nächsten Klippe. Weil die Felsen, die am Fuß der Klippe lagen, so hoch waren, dass wir nicht drüberschauen konnten, begannen wir zu raten, was wir auf der anderen Seite entdecken würden. Ich tippte auf einen Kraken in einem Tümpel, den die Flut zurückgelassen hatte. Mami tippte auf ein Piratenschiff.

Wir kletterten auf die Felsen. Als wir oben standen, klappte uns die Kinnlade hinunter: Auf dem Sand lag ein Wal. Ein richtiger, echter Wal! Er war riesengroß und hatte eine glänzende graue Haut.

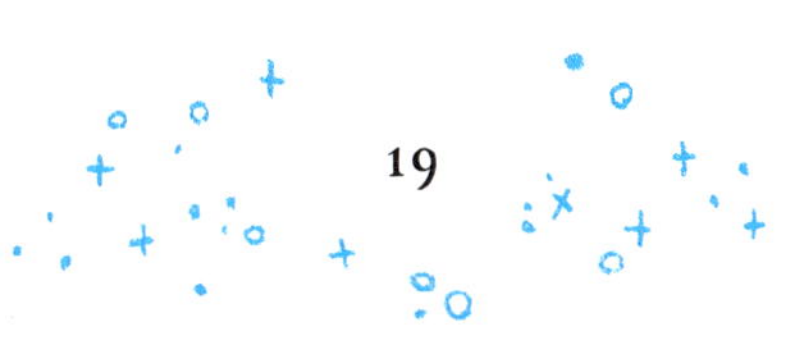

Ich war superaufgeregt, aber Mami guckte plötzlich ganz ernst und seufzte laut. »*Darauf* hätte ich nie und nimmer getippt«, sagte sie. »Wale gehören nämlich nicht an den Strand, verstehst du, Ella? Sie gehören ins Wasser. Dieser Wal steckt in großen Schwierigkeiten. Er ist hier gestrandet und kommt nicht mehr weg, weil gerade Ebbe ist und der Wasserstand zu niedrig.«

Um den Wal standen eine Menge Leute herum. Manche von ihnen begossen ihn immer wieder mit

Wasser. Andere telefonierten mit ihren Handys. Alle wirkten schrecklich besorgt.

Wir kletterten die Felsen hinunter und liefen zu den Leuten. Mami fragte einen Mann, ob wir helfen könnten.

»Wir müssen warten, bis die Flut kommt«, sagte der Mann und erklärte uns, dass dann das Wasser steigen und den Wal wieder aufs offene Meer hinaustragen würde. »Ich hoffe nur«, fügte er seufzend hinzu, »dass er wieder zu seiner Familie zurückfindet.«

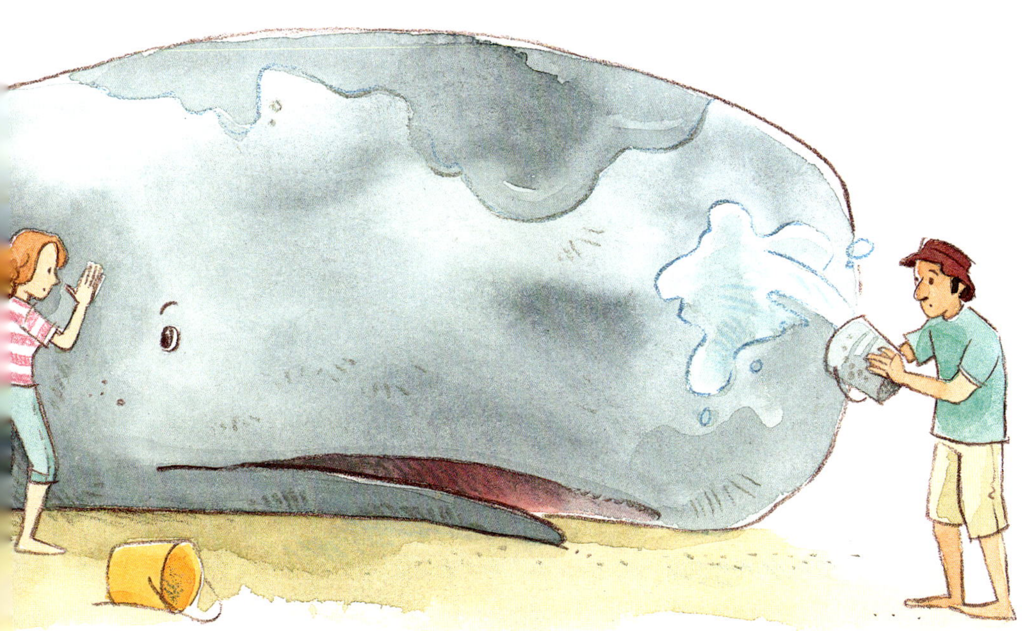

Der Wal sah furchtbar traurig aus. Er warf immer wieder seine Schwanzflosse von einer Seite zur anderen, als würde er versuchen, sich aus dem Sand zu befreien.

Wenn ich doch nur Walisch sprechen könnte, dachte ich. *Dann könnte ich ihm sagen, dass wir ihm helfen werden.* Und auf einmal kam mir eine Idee.

»Mami!«, rief ich. »Kannst du nicht eine Zauberformel benutzen und mit dem Wal sprechen? Dann kannst du ihm sagen, dass wir ihm helfen werden.«

»Aber natürlich!«, sagte Mami. »Das ist eine fantastische Idee, Ella.«

Mami schlüpfte hinter einen großen Felsen, wo niemand sie beobachten konnte. Dann stampfte sie drei Mal mit dem Fuß auf, klatschte in die Hände, wackelte mit dem Po, sagte: »Marshmallow« … und TADAAA! Schon war sie eine Fee. Sie tippte einen Zahlencode in ihren Magic-Smart – **piep-piep-blubs** –, zeigte damit auf sich und sagte:

Hokuspokus Unsichtbaribus!

Jetzt konnte sie niemand mehr sehen – außer mir natürlich, weil ich ja eine Junior-Fee bin.
Vorsichtig bahnte Mami Fee sich einen Weg zwischen den ganzen Leuten hindurch zum Kopf des Wals und flüsterte ihm etwas zu. Im nächsten Moment hörte der Wal auf, seine Schwanzflosse hin und her zu werfen. Er schien aufmerksam zuzuhören und gab sogar ein paar Walgeräusche von sich. Ich war superstolz auf Mami Fee.
Nach ein paar Minuten kam sie zu mir zurück.
»Das ist noch ein sehr junger Wal«, erklärte sie. »Er hat sich verirrt und muss dringend seine Mutter wiederfinden.«
Mir tat der Wal schrecklich leid.
Ich weiß, wie viel Angst man hat, wenn man seine Mami verliert, weil ich meine nämlich mal in einem

großen Einkaufszentrum verloren habe. Seitdem halte ich ihre Hand immer so fest, wie ich nur kann. Aber Wale haben keine Hände.

»Weißt du, wo seine Mutter ist?«, fragte ich Mami Fee.

»Nein. Aber ich weiß, wer uns vielleicht helfen kann«, sagte sie.

»Wer denn?«

Mami kaute auf ihrer Unterlippe und sagte dann: »Ich sollte dich lieber zu Papi zurückbringen …«

Und in dem Moment wusste ich, dass Mami etwas vorhatte, das ein aufregendes Abenteuer versprach.

»Mami Fee«, sagte ich schnell, »bitte nimm mich mit. Wie soll ich denn später mal eine gute Fee werden, wenn ich nicht dabei sein und von dir lernen darf?«

Mami Fee lachte. »Du hast wirklich immer für alles ein gutes Argument. Na, also schön, meine kleine Junior-Fee – du darfst mitkommen. Wir werden fliegen, also muss ich dich unsichtbar machen, und du

musst meine Hand so fest halten, wie du nur kannst, in Ordnung?«

»Ja!«, sagte ich. »Versprochen!«

Ich nahm Mami Fees Hand und hielt sie so fest, wie ich nur konnte. Sie tippte zwei Zahlencodes in ihren Magic Smart – **piep-piep-blubs, piep-piep-blubs** – und sagte:

Hokuspokus

Unsichtbaribus!

Fliegibus!

Im nächsten Moment war auch ich unsichtbar und wir beide flogen über das Meer.

Die Luft war kalt und schmeckte salzig. Tief unter uns konnte ich kleine weiße Schaumkronen auf den Wellen sehen. Kurze Zeit später entdeckte ich ein paar Felsen, die aus dem Wasser herausragten. Wir

flogen darauf zu, und dann sah ich darauf etwas, das silbern glitzerte. Es bewegte sich! Waren das vielleicht Robben, die sich sonnten?

Als wir näher kamen, schnappte ich nach Luft. Wenn man eine Fee zur Mami hat, erlebt man öfter mal Überraschungen. Aber das hier – das war die überraschendste Überraschung *aller Zeiten.*

Auf einem der Felsen saßen zwei Meerjungfrauen. Sie hatten lange silberne Schwanzflossen und lange schwarze Haare und schienen sich nicht gerade zu freuen, uns zu sehen.

»Du musst jetzt ganz ruhig und vorsichtig sein, Ella«, sagte Mami Fee, als wir auf dem Felsen landeten. »Meerjungfrauen haben große Angst vor Menschen, und sie sind sogar uns Feen gegenüber sehr scheu, obwohl Meerjungfrauen und Feen Freundinnen sind.«

Ich hatte noch nie echte Meerjungfrauen gesehen. Wir setzten uns auf den Felsen, und Mami Fee fing an, leise in einer Sprache mit ihnen zu reden, die ich nicht verstand. Nach einer kleinen Weile sahen die Meerjungfrauen schon viel weniger besorgt aus. Sie hörten aufmerksam zu und nickten immer wieder.

»Ich habe die Meerjungfrauen gebeten, den jungen Wal zu seiner Mutter zurückzubringen«, erklärte mir Mami Fee. »Und damit sie dabei niemand beobachten kann, werde ich sie auch unsichtbar machen.«

Eine der Meerjungfrauen lächelte mich an und ich winkte ihr zu. Ihre Augen waren meergrün und sie hatte sich Seegras in ihre Haare geflochten. Ich fand sie wunderwunderschön.

»Hallo«, sagte ich, obwohl ich nicht wusste, ob sie mich verstehen konnte.

Sie reichte mir einen hübsch gemusterten, kleinen rosafarbenen Stein. »Danke!«, sagte ich und steckte ihn ganz tief in meine Tasche, um ihn nicht zu verlieren.

Mami Fee stand auf. »Wir sollten langsam mal zu dem Wal zurückkehren«, sagte sie und überlegte kurz. »Was meinst du, Ella … Sollen wir wieder fliegen … oder lieber schwimmen?«

Ihre Augen funkelten.

»Schwimmen? Meinst du, so schwimmen wie echte Meerjungfrauen?«, fragte ich aufgeregt und Mami Fee lachte.

»Na ja, wir wären keine echten Meerjungfrauen. Aber wir könnten uns zumindest für eine kurze

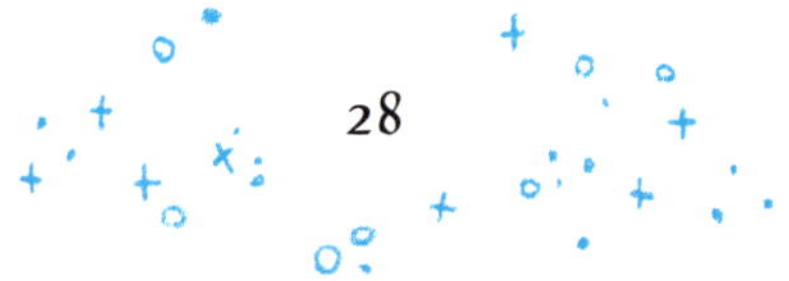

Zeit einen Meerjungfrauenschwanz zulegen. Allerdings ist es dann ganz *besonders* wichtig, dass du immer an meiner Seite bleibst«, warnte sie. »Sonst passiert dir womöglich das Gleiche wie dem jungen Wal und du gehst verloren.«

Sie gab einen Zahlencode in ihren Magic Smart ein – **piep-piep-blubs** –, deutete damit auf die Meerjungfrauen und sagte:

Hokuspokus Unsichtbaribus!

Dann gab sie einen anderen Zahlencode ein, zeigte damit auf uns und sagte:

Hokuspokus

Meerjungfrau-ibus!

Und auf einmal passierte etwas ganz Merkwürdiges mit mir. Es war, als würden meine Beine zusammenwachsen. Sie fühlten sich plötzlich kühl und glitschig an, aber auch sehr muskulös. Als ich nach unten schaute, riss ich staunend die Augen auf: Ich hatte tatsächlich einen Meerjungfrauenschwanz!

Wir ließen uns in die Wellen gleiten. Sie fühlten sich überhaupt nicht kalt an, sondern ganz mild und weich. Das Salzwasser brannte auch nicht wie sonst in meinen Augen, und als ich untertauchte, merkte ich, dass ich atmen konnte, obwohl ich keinen Schnorchel hatte! Manchmal kommt Mami Fee mit ihren Zauberformeln durcheinander, aber heute hatte sie keinen einzigen Fehler gemacht! Wenn es drauf ankommt, ist auf Mami Fee nämlich immer Verlass!

»Bist du bereit?«, fragte Mami Fee. Dann nahm sie meine Hand ganz fest in ihre und wir schossen

WUUSCHSCHSCH!

durchs Wasser. Es fühlte sich an, als würden wir fliegen und nicht schwimmen. Unterwegs sah ich blaue und gelbe Fische und eine Schildkröte und einen Kraken.

Am liebsten wäre ich für immer eine Meerjungfrau geblieben, aber schon bald waren wir wieder am Strand angekommen. Wir entdeckten Papi, der mit Ollie auf dem Arm bei den ganzen Leuten stand, die sich um den Wal versammelt hatten.

Mami Fee schwamm mit mir bis zu der Stelle, wo das Wasser so flach war, dass man stehen konnte. Dann

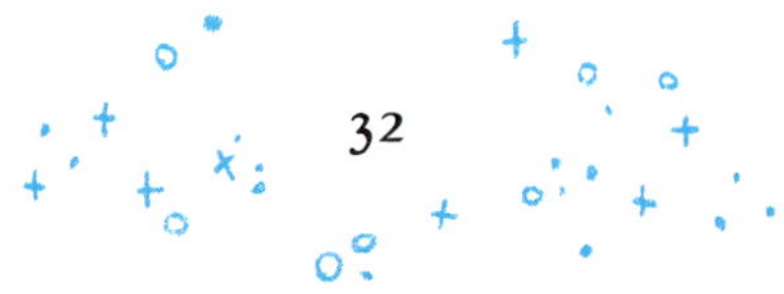

benutzte sie eine andere Zauberformel, damit ich wieder sichtbar wurde und alle mich sehen konnten, und sagte: »Lauf zu Papi, Ella, und erzähl ihm, was passiert ist. Ich bleibe beim Wal und den Meerjungfrauen.«

Genau in diesem Moment entdeckte mich ein Mann, der am Strand stand. Er guckte mich mit großen Augen an und rief: »Was machst du denn im Wasser? Du musst sofort rauskommen, bevor der Wal sich erschreckt und mit seiner Schwanzflosse ausschlägt!«

Alle starrten in meine Richtung, aber ich wusste nicht, was ich tun sollte. Ich konnte ja nicht rauskommen, weil ich keine Beine hatte, sondern einen Meerjungfrauenschwanz.

»Mami Fee!«, sagte ich. »Ich hab keine Beine!«

»Ups«, sagte sie. »Warte, das haben wir gleich.« Sie tippte einen Zahlencode in ihren Magic Smart – **piep-piep-blubs** – und sagte:

Hokuspokus Normalibus!

Im nächsten Moment spürte ich meine Beine wieder und begann zum Ufer zu waten. Ich vermisste zwar meinen Meerjungfrauenschwanz, aber dafür hatte ich immer noch den rosafarbenen Stein, den mir die nette Meerjungfrau geschenkt hatte.

»Bist du etwa ganz allein hier, Kleine?«, fragte der Mann.

»Sie gehört zu mir!« Papi kam schnell zum Wasser gelaufen. »Komm, Ella-Schatz, wir trocknen dich ab.«

Ich rannte zu ihm hin, und Papi wickelte mich in ein großes Handtuch, das er für Olli mitgebracht hatte, damit er nicht immer so sandig wurde.

»Wo ist deine Mutter?«, flüsterte er.

»Sie rettet den Wal«, flüsterte ich zurück. »Zusammen mit den Meerjungfrauen.«

»Ah ja«, sagte Papi. »So was Ähnliches dachte ich mir schon.«

Während alle darauf warteten, dass die Flut kam, schaute Papi sich am Strand um. Er war voller Müll. Überall lagen Dosen und leere Chipstüten herum und sogar ein kaputtes Zelt. »Wir können zwar nicht helfen, den Wal zu retten, Ella«, sagte er, »aber nützlich machen können wir uns trotzdem.«

Mit Ollie auf dem Arm stellte er sich auf einen großen Felsbrocken und rief: »Alle mal herhören, bitte! Es sind viele Fachleute hier, die alles tun, um dem Wal zu helfen. Aber wir Übrigen können uns auf andere Art nützlich machen. Wir können nämlich den ganzen Müll hier einsammeln, damit der Strand wieder schön sauber ist. Habt ihr Lust, mitzumachen?«

Alle Leute riefen ganz laut »Ja!« und klatschten. Ich war superstolz auf Papi. Er kann zwar nicht zaubern wie Mami, dafür kann er aber ganz viele andere tolle Sachen.

Wir verteilten uns alle über den Strand und fingen an, den Müll einzusammeln. Sogar Ollie half mit. Wir stopften alles in Säcke, die wir oben am Strand abluden, um den Müll zu sortieren.

Nach einer Weile bemerkten wir, dass unter uns das Meer an den Strand zurückkehrte. Die Wellen kamen näher und näher.

»Schau!«, sagte Papi. »Die Flut setzt langsam ein. Jetzt kann der Wal bald wieder zurück ins Meer.«
Als das Wasser immer höher stieg, gingen wir sicherheitshalber die Stufen zur Klippe hoch.
Es dauerte aber noch eine ganze Weile, bis das Wasser so weit gestiegen war, dass der Wal sich wieder darin bewegen konnte. Ich sah, wie Mami Fee und die Meerjungfrauen an seiner Seite schwammen, aber außer mir konnte das niemand sehen.
Alle Leute jubelten. »Der Wal ist gerettet! Seht doch, er schwimmt genau in die richtige Richtung«, rief eine Frau mit lockigen Haaren. »Es ist ein Wunder!«
Ich wusste, dass es kein Wunder war – das waren Mami Fee und die Meerjungfrauen. Das durfte ich natürlich nicht laut sagen. Ich schaute bloß zu Papi und wir lächelten uns an.

Nachdem der Wal aufs offene Meer hinausgeschwommen war, hielt der Mann, der die Rettungsaktion am Strand geleitet hatte, eine Rede. Er bedankte sich bei allen für ihre Hilfe und sagte, dass er hofft, der Wal würde zu seiner Familie zurückfinden.

Dann schaute er zu Papi und sagte: »Und ein ganz besonderes Dankeschön an Mr Brook, der die Müllsammel-Aktion organisiert hat. So sauber war unser Strand noch nie!«

Als alle klatschten, schlich Mami sich vom Strand hoch und stellte sich zu uns. Sie war keine Fee mehr. Ihre Haare waren nass, aber sie sah sehr zufrieden aus. »Der Wal ist wieder bei seiner Mutter«, flüsterte sie mir zu, und ich umarmte sie glücklich.

Dann sagte die Frau mit den lockigen Haaren zu mir: »Dein Vater ist ein Held. Er hat die Welt zu einem besseren Ort gemacht.«

Ich hätte der Frau gern erzählt, dass meine Mami auch eine Heldin war und dass sie den Wal gerettet hatte. Aber das durfte ich nicht. Also lächelte ich bloß, nickte und sagte: »Ich weiß.«

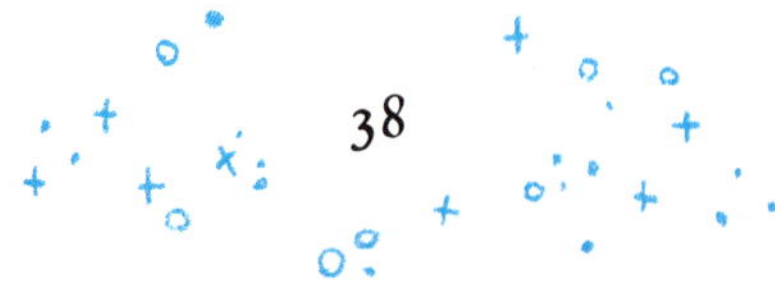

Auf der Rückfahrt nach Hause malte ich ein paar Bilder in meinen Zeichenblock. Ich malte den Wal. Ich malte die Meerjungfrauen. Ich malte, wie Papi auf dem Felsbrocken stand und alle Leute jubelten. Ich dachte daran, wie stolz ich auf meine Mami und meinen Papi war. Ich dachte daran, dass sie die Welt ein kleines bisschen besser gemacht hatten. Und ich hoffte, dass ich die Welt irgendwann später mal auch ein kleines bisschen besser machen konnte.

VULKANIBUS!

Wissenschaft ist die tollste Magie

Eines Tages saß ich nach der Schule zu Hause an meinem Wissenschaftsprojekt.

Mami half mir, mein Vulkan-Plakat auszumalen, aber sie malte ständig über die Linien.

»Mami«, sagte ich, »Miss Amy hat extra gesagt, dass wir *nicht* über die Linien malen sollen.«

»Entschuldige, Ella«, sagte Mami und schaute auf ihre Uhr. »Dieses ganze Ausmalen braucht ganz schön viel Zeit, findest du nicht?

Was hältst du davon, wenn wir die ganze Sache hier ein bisschen beschleunigen?«

»Mir macht das Ausmalen nichts aus«, sagte ich schnell, weil es manchmal schiefgeht, wenn Mami versucht, die Dinge mit Zauberei zu beschleunigen. Aber Mami hörte mir gar nicht zu. Sie stampfte drei Mal mit dem Fuß auf, klatschte in die Hände, wackelte mit dem Po, sagte: »Marshmallow« … und TADAAA! Schon war sie Mami Fee.

Sie holte ihr Handy aus der Tasche, und ich sah, wie es zum Leben erwachte und sich in ihren Magic-Smart verwandelte.

Dann tippte sie einen Zahlencode ein – **piep-piep-blubs** –, zeigte auf die Stifte vor uns und sagte:

Hokuspokus Ausmalibus!

Sofort hoben die Stifte vom Tisch ab und begannen die Bilder auf meinem Plakat von allein auszumalen! Sie malten superschnell und vor allem auch superordentlich. Ich schaute staunend zu und wünschte mir, ich könnte das auch so perfekt.

»Na bitte!«, sagte Mami Fee zufrieden. »Das beweist mal wieder, dass …«

Sie hörte mitten im Satz auf zu reden und schaute über meine Schulter. Ihr Gesicht sah aus, als wäre es eingefroren.

Als ich mich umdrehte, musste ich laut nach Luft schnappen.

Hinter uns schwebten die ganzen anderen Stifte aus meinem Federmäppchen durch die Luft und malten alle weißen Flächen aus – die Küchenschränke, die Zimmerdecke, den Lampenschirm … einfach ALLES! Ein blauer Stift malte die Bananen in der Obstschale an. Ein roter Stift malte Ollies Gesicht an, während Ollie quietschvergnügt lachte und krähte:

Wuzzi-wuzzi-wuzzi!

Mami Fee gab schnell einen anderen Zahlencode ein – **piep-piep-blubs** – und rief:

Hokuspokus Aufhöribus!

Sofort fielen alle Stifte zu Boden – genau in dem Moment, als Papi mit Tante Jo in die Küche kam.

Papi und Tante Jo guckten sich die kunterbunten Küchenschränke an.

»Interessant«, sagte Papi. »Du hast wohl etwas mehr Farbe in deinem Leben gebraucht.«

»Nein«, sagte Mami Fee und wurde ein bisschen rot. »Ich habe Ella eigentlich nur geholfen, das Plakat für ihr Schulprojekt auszumalen. Dabei sind die Stifte ein klein wenig außer Rand und Band geraten.«

»Schlimm«, sagte Tante Jo kopfschüttelnd. »Und das Mittagessen ist auch angebrannt.«

»Ist es überhaupt nicht!« Mami Fee rannte zum Herd. »Es ist bloß ein bisschen … knusprig geworden.«

»Wie du meinst«, sagte Tante Jo. »Soll ich mich um die andere Sache kümmern, die hier ein bisschen aus dem Ruder gelaufen ist?«

Während Papi und Mami Fee das Mittagessen zu retten versuchten, deckte ich den Tisch und Tante Jo verwandelte sich in eine Fee. Mit einer Zauberformel machte sie alle ausgemalten Möbel und Wände wieder sauber und brachte Ollie dann mit magischen Regenbogenseifenblasen zum Lachen. Danach verwandelten sie und Mami Fee sich wieder zurück und wir setzten uns alle an den Tisch.

Während des Mittagessens erzählte ich Tante Jo von meinem Vulkan-Projekt und dass ich mit meiner ganzen Klasse an einem Wissenschaftswettbewerb teilnehmen würde. Wir wollten dort unsere selbst gebastelten Vulkane zeigen und das beste Modell würde einen Preis gewinnen. Für mein Projekt hatte ich das Plakat gemalt und aus Pappe einen Vulkan gebaut. Der Lavastrom war aus roten Wollfäden, und ich fand, dass es ziemlich echt aussah.

»Mami kommt auch mit zum Wettbewerb!«, sagte ich zu Tante Jo. »Sie fährt bei uns im Schulbus mit!«

»Vielleicht«, sagte Mami und klang ein bisschen besorgt. »Es kann aber auch sein, dass ich an dem Tag arbeiten muss, Ella.«

Tante Jo schaute sich die Broschüre an, in der alles über den Wettbewerb erklärt wurde. »Das ist ja meine alte Freundin von der Feenschule!«, rief sie und zeigte auf das Foto einer Wissenschaftlerin. »Sie heißt Mai. Sie war sehr gut in der Schule. Weißt du, was? Ich werde Ella zu diesem Wettbewerb begleiten«, sagte sie zu Mami. »Das wird ein großer Spaß. Was meinst du, Ella?«

»Cool!«, rief ich begeistert.

»Aber bei einem Wissenschaftswettbewerb wird nicht gezaubert«, sagte Mami streng zu Tante Jo.

»Schon klar!« Tante Jo verdrehte die Augen. »Als ob ich das nicht wüsste!«

Mami und Papi schauten sich an. Manchmal verspricht Tante Jo, dass sie nicht zaubern wird, macht es dann aber trotzdem. Zum Glück kann sie richtig gut zaubern.

Sie hat schon jede Menge Feen-Wettbewerbe gewonnen. Mami hat noch keinen einzigen Feen-Wettbe-

werb gewonnen, aber sie übt viel, und ich weiß, dass sie eines Tages auch einen Preis gewinnen wird.

Während ich zum Nachtisch mein Eis aß, dachte ich angestrengt nach. Unsere Lehrerin für Naturwissenschaften hat uns im Unterricht erklärt, dass die Schwerkraft dafür sorgt, dass alle Gegenstände, die in die Luft geworfen werden, sofort zu Boden fallen. Aber meine Buntstifte sind erst ganz zum Schluss zu Boden gefallen, vorher haben sie lange in der Luft geschwebt.

»Wie kann es sein, dass es Dinge gibt, von denen die Wissenschaft sagt, dass sie nicht funktionieren, aber mit Magie funktionieren sie doch?«, fragte ich.

»Das wirst du auf der Feenschule lernen«, sagte Mami. »Wenn du ein großes Mädchen bist.«

»Ich verstehe selbst heute noch nicht, wie das sein kann«, sagte Tante Jo. »Aber das ist etwas, das du Mai fragen solltest, sie kennt sich auf dem Gebiet bestens aus.«

Als ich am Tag des Wettbewerbs in den Schulbus stieg, saßen meine Freunde Tom und Lenka schon drin.
Beide hatten auch ihre Vulkanmodelle dabei. Das von Lenka war richtig gut geworden. Sie hatte die Lava aus zerknittertem rotem Papier und einer Lichterkette gebastelt.
Meine Nicht-beste-Freundin Zoe saß auch im Bus und ihre Mutter verteilte gerade an die ganze Klasse selbst gebackene Kekse.
»Meine Mami ist die Tollste«, prahlte Zoe. »Schaut euch nur mal ihre Kekse an. Und von euch hat keiner Kekse mitgebracht.«
Tante Jo betrachtete Zoe einen Moment lang nachdenklich, dann sagte sie leise zu mir: »Warte kurz, Ella, ich habe noch was vergessen.«
Sie stieg aus dem Bus und kam eine Minute später mit einem großen Teller voller Cookies zurück. Sie waren riesig und voller bunter Zuckerperlen.

»Du bist nicht die Einzige, die Kekse mitgebracht hat«, sagte sie mit einem freundlichen Lächeln zu Zoe. »Ella hat auch welche dabei.«

»Poah!«, rief Tom. »Die sind ja bombastisch!«

»Die sehen supermegalecker aus!«, sagte Lenka.

Alle wollten einen von Tante Jos Keksen probieren. Keiner interessierte sich mehr für die Kekse von Zoes Mutter.

»Tante Jo!«, flüsterte ich ihr zu. »Hast du dabei etwa Zauberei benutzt?«

Tante Jo zwinkerte bloß und reichte mir einen Keks. Mami hätte bestimmt mit ihr geschimpft, wenn sie das gewusst hätte, aber ich freute mich trotzdem, dass alle die Kekse so toll fanden.

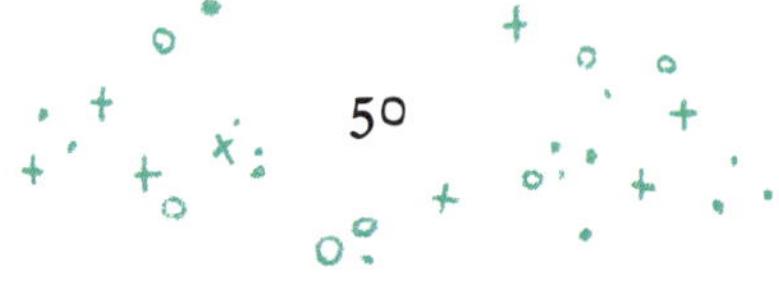

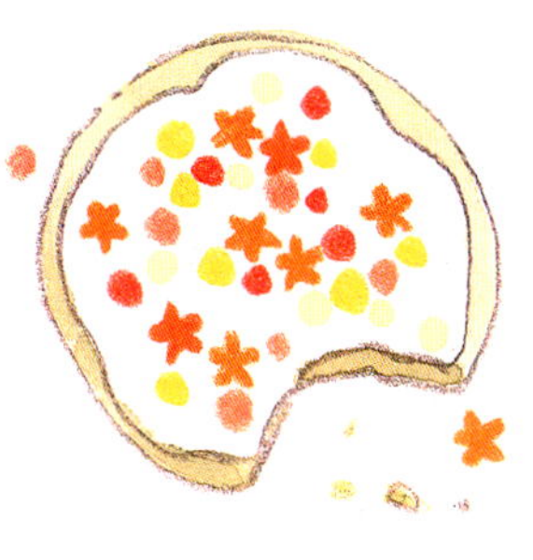

Zoe freute sich natürlich kein bisschen. Sie funkelte mich mit kleinen wütenden Augen an, und da wusste ich, dass sie versuchen würde, es mir irgendwie heimzuzahlen.

Der Naturwissenschaftswettbewerb fand in einer großen Halle statt. Dort war für unsere Schulklasse ein Tisch aufgebaut, auf den wir unsere Modelle stellten. Danach machten wir einen Rundgang durch die Halle und schauten uns die anderen Projekte an. Es gab viele Stände, an denen Wissenschaftler Experimente vorführten. Ein Wissenschaftler hatte ein Modell von allen Planeten gebaut. Ein anderer hatte Magneten, die so stark waren, dass man damit Büroklammern bewegen konnte, ohne sie zu berühren.

»Cool!«, staunte Tom. »Das ist fast wie Zauberei!«

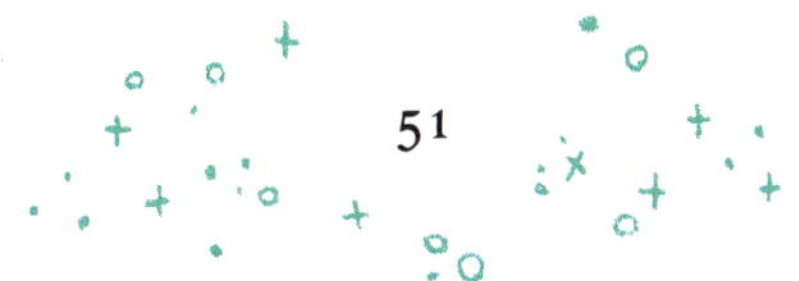

Ich sah Tante Jo an und sie lächelte. Dann rief sie: »Schau mal, da ist Mai!«

Eine Frau kam auf uns zu. Sie hatte halblange dunkle Haare und trug ein Sweatshirt, das über und über mit Zahlen bedruckt war. Sie sah so sehr wie eine Wissenschaftlerin aus, dass ich zuerst gar nicht glauben konnte, dass sie wirklich auch eine Fee war. Aber dann fiel mir wieder ein, dass Mami und Tante Jo normalerweise auch nicht wie Feen aussehen. Und ich sehe auch nicht wie eine Junior-Fee aus.

Mai war unglaublich nett. Sie führte uns ein Experiment vor, bei dem sich Lichtstrahlen in Regenbögen verwandeln. »Interessierst du dich für Naturwissenschaften, Ella?«, fragte sie.

»Ja«, sagte ich und schaute schnell nach rechts und links, um mich zu vergewissern, dass niemand anders zuhörte. »Naturwissenschaften sind wie Magie.«

»Es ist eine andere Form der Magie«, sagte Mai und nickte. »Ich finde es wunderbar, eine Wissenschaftler-Fee zu sein. Das ist die spannendste Art von Wissenschaftler, die man sein kann. Vielleicht wirst du eines Tages ja auch eine Wissenschaftler-Fee.«

Ich beschloss, auf jeden Fall eine Wissenschaftler-Fee zu werden, wenn ich groß war. Und ein Einhorn würde ich auch haben. Beides zusammen.

»Hast du vielleicht Lust, mir dein Projekt zu zeigen, Ella?«, fragte Mai und ich führte sie zum Projekt-Tisch meiner Klasse. Sie schaute sich alle Vulkanmodelle an, aber meinen Vulkan konnten wir nirgendwo

entdecken. Mir wurde ganz komisch. Ich wusste genau, dass ich ihn hier auf den Tisch gestellt hatte.
»Wo ist mein Vulkan?«, fragte ich. »Wenn ich keinen Vulkan habe, kann ich nicht beim Wettbewerb mitmachen.«
»Keine Sorge!«, sagte Mai. »Ich erkundige mich bei der Leiterin des Wettbewerbs, ob sie ihn gesehen hat.«
Als sie davonging, entdeckte ich Zoe, die in der Nähe stand und uns beobachtete. »Hast du etwa deinen Vulkan verloren, Ella?«, fragte sie in einem ganz fiesen Ton. »Wie schaaaaade für dich.« Dann lachte sie ihr schreckliches Lachen und rannte davon.
Ich war mir sicher, dass sie etwas mit meinem verschwundenen Vulkan zu tun hatte. Und als ich Tante Jo anschaute, wusste ich, dass sie genau das Gleiche dachte, denn sie sah ganz schön sauer aus.
»Ich werde dir einen neuen Vulkan machen«, sagte sie. »Einen, der sogar noch toller ist. Ich sorge dafür, dass du diesen Wettbewerb gewinnst, Ella.«

»Aber, Tante Jo!«, sagte ich schnell. »Denk dran, was Mami gesagt hat!«
Doch sie hörte mir gar nicht zu, sondern verschwand rasch hinter einer großen Schautafel. Ich wusste sofort, warum – nämlich, um sich dort in eine Fee zu verwandeln. Im nächsten Moment hörte ich es auch schon, sie sagte:

Sie benutzte Zauberei!
Eine Minute später kam sie wieder als Tante Jo zurück und trug vorsichtig ein Vulkanmodell in den Händen. Ich starrte es verblüfft an.
Der Vulkan war aus bemalter Pappe, genau wie mein Vulkan, aber aus seinem Krater loderten echte Flammen und er gab laute Explosionsgeräusche von sich.

»Bitte schön!«, sagte Tante Jo. »*Damit* hast du den Wettbewerb so gut wie gewonnen.«

»Ist das Feuer echt?«, fragte ich besorgt.

»Das ist Feen-Feuer. Keine Bange – daran kann man sich nicht verbrennen. Ist dieser Vulkan nicht absolut großartig?« Tante Jo sah sehr zufrieden mit sich aus.

Ein Mann, der gerade an uns vorbeikam, fand das wohl eher nicht. Als er den Vulkan sah, rief er nämlich laut: »Feuer! Feuer!« Zwei Kinder, die in der

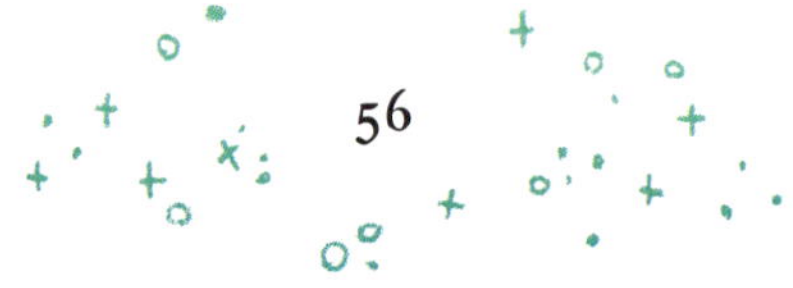

Nähe standen, riefen sofort auch: »Feuer! Feuer!«, und schon bald waren wir von Leuten umringt, die alle »Feuer! Hilfe! Löscht das Feuer!« riefen.

»Aber er *muss* Feuer spucken!«, sagte Tante Jo und verdrehte die Augen. »Das ist ein Vulkan! Hat das etwa niemand von euch in der Schule gelernt?«

»Tante Jo«, flehte ich. »Kannst du das Feuer bitte löschen?«

»Aber dann gewinnst du den Wettbewerb doch nicht«, sagte sie. »Oohhh, schau! Gleich bricht er wieder aus.«

Der Vulkan gab einen ohrenbetäubenden Knall von sich … **BUUUUUMMMMMM!** … und die Flammen züngelten diesmal bis zur Decke hoch. Ein paar Kinder fingen an zu weinen. Andere lachten und ein Junge rief sogar: »Noch mal! Noch mal!«

Hokuspokus Frostibus!

Die Stimme, die das von hinten gerufen hatte, war laut und streng.

Als ich mich umdrehte, stand da Mai. Sie hatte sich in eine Fee mit großen schimmernden Flügeln und einer glitzernden silbernen Krone verwandelt und schwenkte einen Magic Smart.

Alle Leute auf der Messe erstarrten, als wären sie Eisstatuen. Keiner von ihnen konnte uns nun noch sehen oder hören.

»Jo!«, schimpfte Mai Fee. »Was hast du dir bloß dabei gedacht? Das hier ist ein Wissenschaftswettbewerb und kein Feen-Wettbewerb.«

»Ich weiß«, sagte Tante Jo zerknirscht. »Es tut mir leid. Ich wollte nur dafür sorgen, dass Ella wieder ein tolles Vulkanmodell hat, damit sie an dem Wettbewerb teilnehmen kann. Das ist nämlich so ungerecht. Ella hat unglaublich viel Arbeit in ihren Vulkan gesteckt, und ich *weiß* ganz genau, dass diese Zoe irgendwas damit angestellt hat.«

Mai Fee sah zuerst mich an und danach Zoe, die reglos in der Nähe stand. »Verstehe«, sagte sie. »In Ordnung, Ella. Dann lass uns rausfinden, was mit deinem Vulkan passiert ist.«
Sie tippte einen besonders langen Zahlencode in ihren Magic Smart – **piep-piiieeep-blubs** – und sagte:

Hokuspokus Aufspüribus!

Im nächsten Moment schoss ein heller Lichtstrahl aus ihrem Magic Smart. Er führte zu einem Tisch, der an einer Seitenwand der Halle stand. Der Lichtstrahl endete in einem Abfalleimer unter dem Tisch – und in diesem Abfalleimer steckte mein Modell.
»Mein Vulkan!« Ich holte ihn schnell heraus und strich ihn glatt.
Ich war so froh, ihn wiederzuhaben.
Er war zwar ein bisschen eingedellt, aber das machte

gar nichts, weil Vulkane sowieso keine glatte Oberfläche haben.

»Und jetzt lass uns rausfinden, wie er in dem Abfalleimer gelandet ist«, sagte Mai Fee. Sie tippte noch einmal einen unglaublich langen Zahlencode ein – **piep-piep-piiiiieeeep-blubs** – und wieder schoss aus ihrem Magic Smart ein heller Lichtstrahl. Diesmal zeigte er direkt auf Zoe.

»Das verstehe ich nicht.« Mai Fee sah traurig aus. »Warum hat dieses Mädchen deinen Vulkan gestohlen und in den Abfalleimer gesteckt, Ella?«

»Sie war wütend auf mich, weil Tante Jo magische Kekse gemacht hat, die besser waren als die von ihrer Mami«, erklärte ich Mai Fee.

Mai Fee holte entrüstet Luft. »Jo!«, sagte sie streng. »Du hast heute also schon zwei Mal Zauberei benutzt? Auf einem Schulausflug?«

»Es tut mir leid!«, sagte Tante Jo noch einmal. »Bitte entschuldige, Ella.«

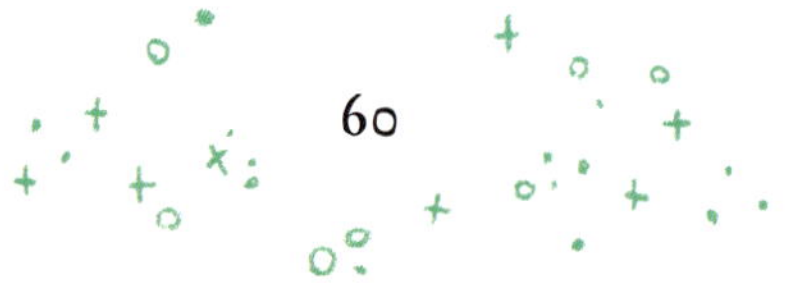

»Aber Zoe ist immer total gemein zu mir. Das kenne ich schon«, erzählte ich Mai Fee. »Deswegen ist sie auch meine Nicht-beste-Freundin.«

Mai Fee dachte einen Moment nach – dann lächelte sie. »Ich verrate dir jetzt mal was, Ella«, sagte sie. »Zu mir sind die Leute manchmal auch total gemein.«

»Das glaube ich nicht«, sagte ich, weil Erwachsene nicht gemein sind. Nicht so gemein wie Zoe.

Aber Mai Fee nickte. »Oh doch. Sie sagen gemeine Sachen über meine Arbeit. Und es gibt eine Menge Möglichkeiten, wie ich darauf reagieren könnte. Ich könnte ihnen eine grüne Nase ins Gesicht zaubern. Ich könnte weinen. Ich könnte auch einfach aufgeben.« Sie sah mich an. »Na, was meinst du, Ella? Wie reagiere ich darauf?«

Am liebsten hätte ich gesagt: »Du zauberst ihnen eine grüne Nase ins Gesicht.« Aber ich wusste, das war nicht die richtige Antwort.

»Ich weiß es nicht«, sagte ich und Mai Fee lächelte.

»Ich erinnere mich selbst daran, dass ich eine starke Fee bin. Ich sage zu den gemeinen Leuten: Tut mir leid, aber ich bin gerade zu beschäftigt, um euch zuzuhören. Und dann mache ich einfach mit meiner Arbeit weiter.«

Mai Fee drückte meine Hand. »Und jetzt, meine kleine Wissenschaftlerin, geh und stell deinen Vulkan auf den Tisch, während deine Tante und ich ein bisschen Feenstaub verstreuen, damit sich von den Leuten hier niemand daran erinnert, was passiert ist.« Sie zwinkerte mir zu, dann

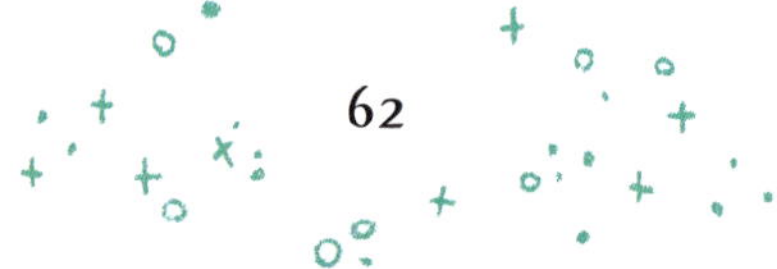

sagte sie: »Möhrenkuchen!«, und sofort war sie wieder einfach nur Mai.

Ich stellte mein Vulkanmodell vorsichtig auf den Tisch zurück, während Tante Jo und Mai Feenstaub über die Leute in der Halle streuten.

Ungefähr zehn Sekunden lang standen sie weiter reglos da. Dann …

»Weiter geht's!« Mai klatschte in die Hände, und alle Leute fingen an, sich zu bewegen, als wäre nichts passiert.

Zoe sah sofort, dass ich an unserem Projekt-Tisch stand, und kam zu mir rübergerannt. Sie starrte meinen Vulkan an, als würde sie ihren Augen nicht trauen.

»Du hast deinen Vulkan wieder!«, sagte sie. »Das verstehe ich nicht. Wie kann es sein, dass du ihn gefunden hast?«

»Da hab ich wohl einfach noch mal Glück gehabt. Ist doch gut, oder?«

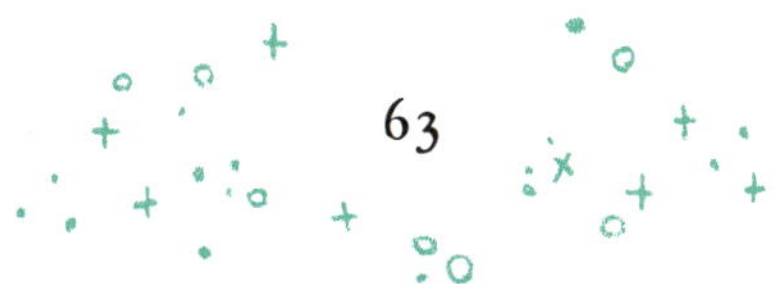

Als die Preise für die schönsten Vulkane vergeben wurden, war meiner nicht dabei. Der von Zoe auch nicht. Dafür aber der von Lenka!

Ich umarmte sie fest und sagte: »Toll gemacht, Lenka!«

Dann bekamen wir Arbeitsblätter mit Abbildungen von Vulkanen, die wir ausmalen konnten. Ich machte mich gleich an die Arbeit und passte gut auf, nicht

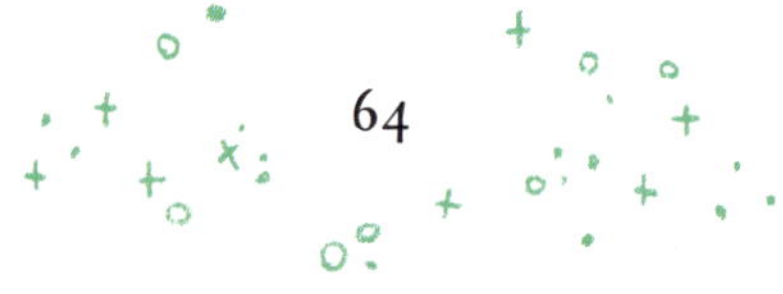

über die Linien zu malen, als sich plötzlich Zoe ganz dicht neben mich stellte und mich mit ihren kleinen, wütenden Augen anfunkelte.

»Ich wette, du kommst dir jetzt ganz schön dämlich vor, Ella«, sagte sie. »Du hast um deinen Vulkan so ein Theater gemacht, aber gewonnen hast du trotzdem nicht.«

Ich sah sie einen Moment lang an. Ich dachte daran, was Mai gesagt hatte. Ich dachte: Ich bin eine starke Junior-Fee. Und eines Tages werde ich eine Wissenschaftler-Fee sein.

Dann lächelte ich und sagte: »Tut mir leid, Zoe, aber ich bin gerade zu beschäftigt, um dir zuzuhören«, und machte mit meiner Arbeit weiter.

TÖPFERIBUS!

Eine Feen-Familie außer Rand und Band

Tante Jo hatte Geburtstag und wir packten ihr Geschenk ein. Mami hatte ihr ein Buch mit dem Titel »Feen-Yoga« gekauft. Wir wickelten es in Geschenkpapier, das mit Blümchen bedruckt war. Ich fand, es sah richtig hübsch aus, aber Mami runzelte die Stirn.

»Das sieht nicht wirklich besonders aus«, sagte sie. »Jos Geschenke sehen immer besonders aus.«

Ich wusste, was sie meinte. An Mamis letztem Geburtstag hatte sie von Tante Jo ein Geschenk bekommen, das mit sieben bunten Bändern umwickelt gewesen war, und in der Mitte steckte ein kleines Blumensträußchen.

Mami nahm ein Geschenkband, machte daraus eine große Schleife und befestigte sie auf dem Geschenk, aber die Schleife war nicht gut geworden. Sie hing ganz schief und krumm. Mami zupfte ein bisschen daran herum, aber davon wurde es auch nicht besser – im Gegenteil. Danach war nämlich ein Riss im Geschenkpapier. Seufzend wickelte sie das Buch wieder aus.

»Na schön«, sagte sie. »Dann benutze ich eben Zauberei.«

»Wir könnten es auch einfach noch mal versuchen«, sagte ich schnell – aber

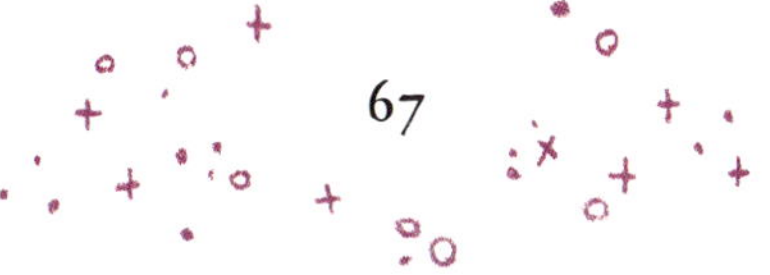

Mami hörte mir gar nicht zu. Sie stampfte drei Mal mit dem Fuß auf, klatschte in die Hände, wackelte mit dem Po, sagte: »Marshmallow« … und TADAAA! Schon war sie Mami Fee. Dann tippte sie einen Zahlencode in ihren Magic Smart – **piep-piep-blubs** –, zeigte damit auf das Buch und sagte:

Hokuspokus Einpackibus!

Ich staunte. Jetzt war das Buch in schimmerndes Silberpapier eingewickelt, und drum herum schlang sich eine goldene Schleife, an der ein großer goldener Pompon hing. Das Geschenk sah sensationell aus.
»Na bitte!«, sagte Mami Fee zufrieden. »Ist das nicht fabelhaft?«

Ich machte den Mund auf, um etwas zu sagen, aber dann klappte mir die Kinnlade hinunter, weil gerade unser Fernseher magisch verpackt wurde. In der einen Minute war er noch ein ganz normaler Fernseher, in der nächsten stand er da in glänzendes orangefarbenes Papier gehüllt und mit blauem Geschenkband und einer riesigen Schleife geschmückt.

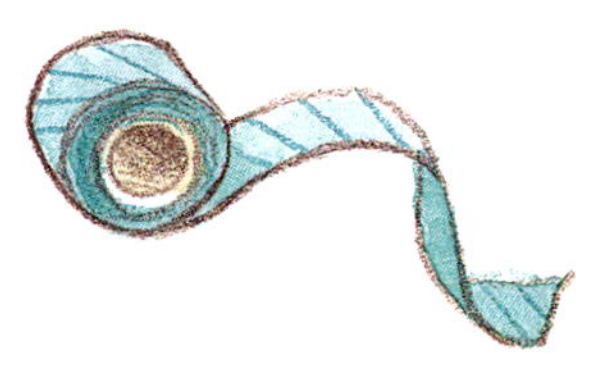

»Mami Fee …«, sagte ich. »Schau mal, was …« Und dann schnappte ich nach Luft, weil jetzt auch noch das Sofa eingewickelt wurde und unter rot-weiß gestreiftem Papier verschwand, um das eine riesige, silbern glitzernde Schleife gebunden war. »Mami Fee!«, rief ich. »Alle unsere Möbel werden in Geschenkpapier verpackt!«

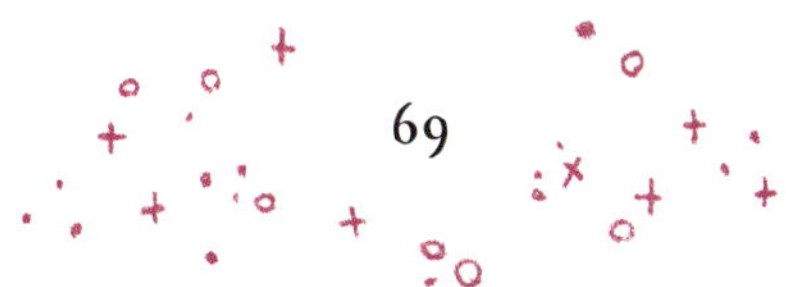

»Ups«, sagte Mami Fee verblüfft. »Wie konnte das denn passieren? Wo habe ich meinen Magic Smart hingelegt?«

Während Mami Fee nach ihrem Zauberhandy suchte, wurde der Tisch in rosa gepunktetes Papier eingewickelt, plus drei bunte Geschenkbänder. Danach war die Lampe dran, um die sich funkelndes Seidenpapier legte, auf dem kleine Samtblumen klebten.

Ich fand es herrlich, dass alles so schön verpackt wurde. Das Zimmer sah aus, als wäre es voller Geschenke. Als ob Weihnachten wäre!

»Da ist er ja!«, sagte Mami Fee, als sie ihren Magic Smart unter ein paar Bogen Geschenkpapier fand. Sie tippte hastig einen Zahlencode ein – **piep-piep-blubs** – und rief:

Hokuspokus

Aufhöribus!

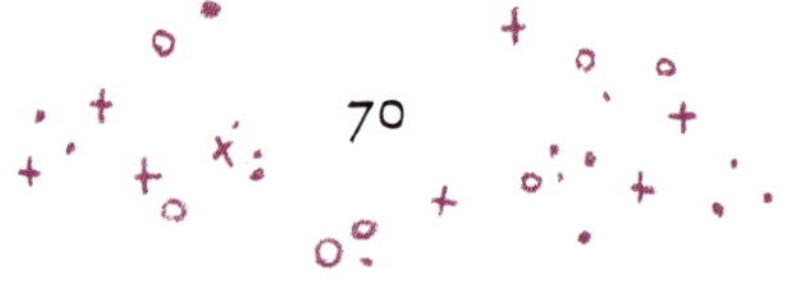

Wir hielten die Luft an, während wir darauf warteten, was passieren würde. Aber anscheinend hatte es gut funktioniert, weil danach nichts weiter eingewickelt wurde.
Genau in diesem Moment kam Papi mit Ollie zusammen ins Wohnzimmer.
»Was zum Kuckuck ist …?«, rief er und schaute sich ganz verblüfft um.
»Ollie und Ella macht es bestimmt unheimlich viel Spaß, unsere Möbel huschdiebusch mal eben wieder auszupacken«, sagte Mami Fee schnell.
Ollie machte es sogar supergroßen Spaß.

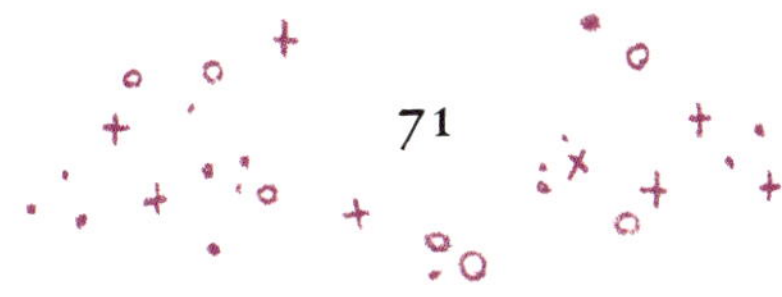

Er fing sofort an, das ganze Geschenkpapier herunterzureißen, und krähte dabei fröhlich:

Ich versuchte das Papier zu retten und glatt zu streichen, damit wir es noch mal benutzen konnten.

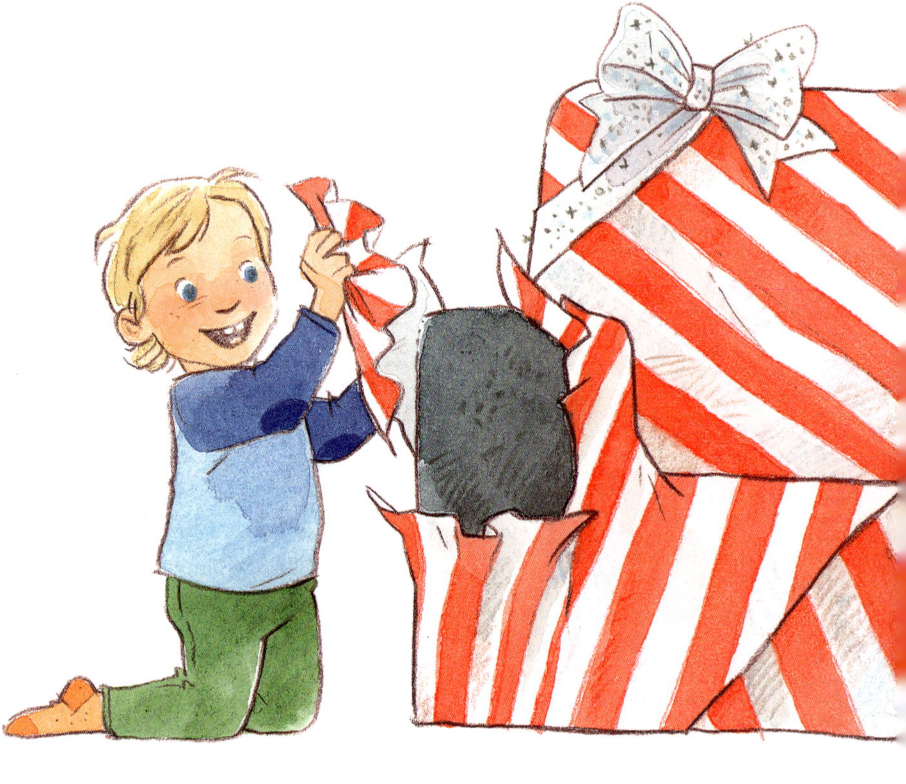

»Hat es einen bestimmten Grund, dass du unsere Wohnzimmermöbel in Geschenkpapier verpackt hast?«, erkundigte sich Papi bei Mami. »Ist nur so eine Frage …«

Mami Fee wurde ein bisschen rot. »Ich wollte, dass mein Geschenk besonders aussieht«, sagte sie. »Jos Geschenke sehen immer besonders aus.«

»Darf ich dich daran erinnern«, sagte Papi, »dass das Leben kein Wettbewerb ist?«

Auf einmal fiel mir etwas ein, was Mamis Feenlehrerin Fenella einmal in einem Video auf FeeTube gesagt hat. »Wenn Feen nicht zusammenarbeiten, geht der Zauber schief«, sagte ich. »Nur wenn Feen im Team arbeiten, klappt der Zauber.«

»Ich weiß«, sagte Mami Fee zerknirscht. »Du hast recht. Es geht nicht darum, wessen Geschenk schöner aussieht.« Aber während sie das sagte, strich sie über den großen goldenen Pompon an Tante Jos Geschenk und sah dabei sehr zufrieden aus.

Für ihre Geburtstagsparty am Nachmittag hatte Tante Jo sich etwas ganz Besonderes ausgedacht: Wir gingen alle zusammen in eine Werkstatt und durften selbst etwas aus Ton töpfern! Ich war so aufgeregt. Mami und Papi waren dabei und Omi und natürlich Tante Jo. Ollie war auch mit, aber der durfte nicht töpfern, weil er sonst sicher den Ton gegessen hätte, deswegen musste er in einem Hochstuhl sitzen.

Wir bekamen jeder eine Schürze umgebunden und setzten uns an einen großen runden Tisch. Dann gab die Töpferlehrerin jedem von uns einen Klumpen Ton und erklärte, dass wir alle ein Gefäß töpfern würden. »Es werden eher schlichte Gefäße werden, weil ihr noch Anfänger seid«, sagte sie. »Aber das bedeutet nicht, dass sie nicht trotzdem wunderschön sein können.«

Sie zeigte uns, wie man aus dem Tonklumpen eine lange Wurst formt und sie dann immer höher im Kreis aufeinanderlegt, damit daraus ein Gefäß wird.

Dann sagte sie: »Viel Spaß! Ich bin in einer halben Stunde wieder da«, und ging aus der Werkstatt.
Der Ton war ganz weich und matschig, als ich ihn knetete. Das fühlte sich toll an. Dann begann ich aus dem Tonklumpen eine Wurst zu rollen. Papi machte mit seinem Tonklumpen das Gleiche. Es war ganz still, weil wir alle so konzentriert arbeiteten.
Omi fand das Töpfern ganz schön schwierig. Sie sagte immer wieder: »Dieser vermaledeite Ton will einfach nicht so, wie ich will!«
Tante Jo war als Erste mit ihrem Gefäß fertig. Es sah sehr hübsch aus, war aber wirklich ganz schlicht und ein kleines bisschen schief. Sie musterte es stirnrunzelnd. »Hmmm«, machte sie. »Da fehlt noch der richtige Pep.«

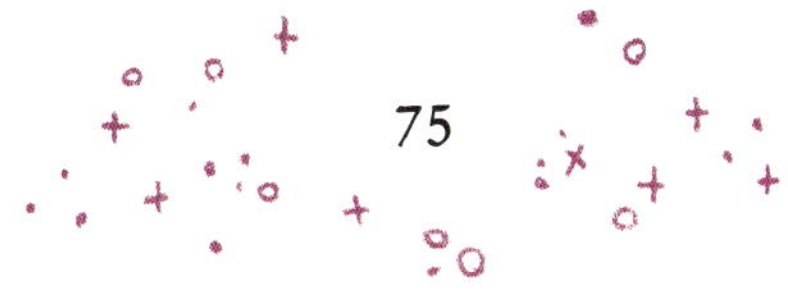

Mami schaute von ihrem Gefäß auf, das ebenfalls ein kleines bisschen schief geraten war. »Hast du etwa vor, Zauberei zu benutzen?«, fragte sie. »Dürfen wir das überhaupt?«

»Es ist immerhin mein Geburtstag«, sagte Tante Jo. »Warum sollten wir keine Zauberei benutzen?«

»Ich bin ganz deiner Meinung«, sagte Omi. Sie hatte einen Klecks Ton im Gesicht, sah ziemlich zerzaust aus und runzelte unzufrieden die Stirn.

Mami, Tante Jo und Omi nickten sich zu und standen von ihren Hockern auf. Dann stampften sie drei Mal mit dem Fuß auf, klatschten in die Hände, wackelten mit dem Po, sagten: »Marshmallow«, »Zitronenbrause« und »Extrastarke Minze« … und TADAAA! Schon waren sie Feen.

»So, dann wollen wir doch mal sehen!« Omi Fee guckte schon viel zufriedener als gerade eben. Sie zeigte mit ihrem altmodischen Zauberstab auf etwas, was wohl ein Becher werden sollte, und sagte:

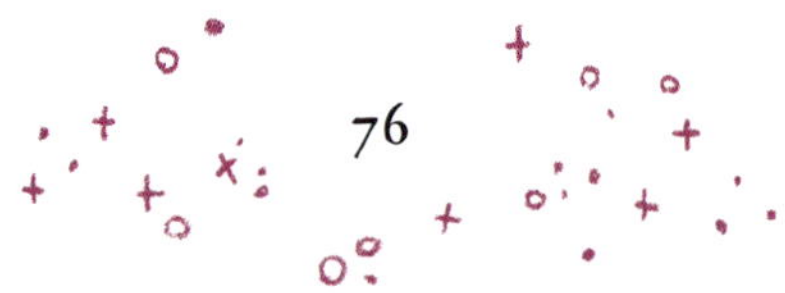

Hokuspokus Töpferibus!

Auf der Stelle verwandelte sich das krumme Gefäß in eine wunderschöne Vase.

»Allerliebst!«, rief Tante Fee. Schnell zeigte sie mit ihrem Magic Smart auf ihr eigenes Gefäß und sagte:

Hokuspokus Töpferibus!

Sofort wurde aus ihrem etwas windschiefen Gefäß eine große Schüssel mit einem hübschen Ziermuster am Rand.

»Phänomenal!«, rief Mami Fee. Sie deutete mit ihrem Magic Smart auf ihr Gefäß, sagte:

Hokuspokus Töpferibus!,

und im nächsten Moment stand ein perfekt geformter Krug mit Henkel vor ihr.

»Ohhh«, sagte Tante Fee. »Ich will auch Henkel.«

Sie zeigte auf ihre Schüssel, sagte:

Hokuspokus Henkelibus!,

und schwuppdiwupp hatte ihre Vase zwei Henkel.
»Henkel will ich auch«, sagte Omi Fee.
»Und eine Tülle zum Ausgießen.«
»Ich will einen größeren Krug«, sagte Mami.
»Ich will, dass mein Gefäß das größte von allen ist!«, sagte Tante Fee sofort.

Mami Fee, Tante Fee und Omi Fee wirkten einen Zauber nach dem anderen. Sie riefen in einem fort

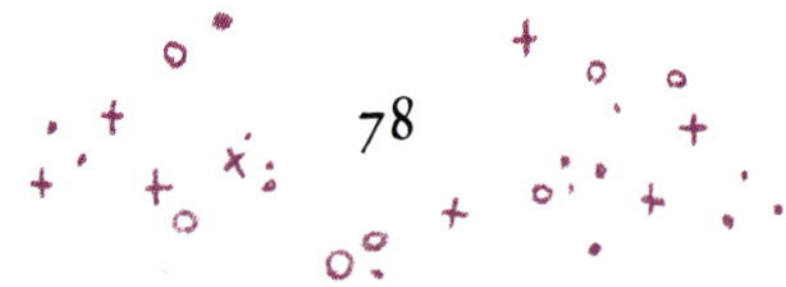

Größteribus!, Tüllibus!, Henkelibus! und schwenkten ihre Zauberstäbe durch die Luft, während Papi und ich sie mit großen Augen anstarrten. »Das ist doch hier kein Wettbewerb«, sagte Papi, aber niemand hörte ihm zu.

Bald schon waren alle drei Gefäße so groß, dass sie fast an der Decke anstießen. Alle drei waren zusätzlich mit unzähligen Henkeln und Tüllen und seltsam schiefen Auswüchsen übersät. Es waren die albernsten und hässlichsten Gefäße, die ich jemals gesehen hatte. Aber Mami Fee, Omi Fee und Tante Fee dachten gar nicht daran, aufzuhören. Sie zauberten eifrig weiter.

Irgendwann zeigte Tante Fee auf einen Tonklumpen und sagte: Deckelibus! Aber der Tonklumpen verwandelte sich nicht in einen Deckel, sondern fing an, durch den Raum zu wirbeln, und explodierte dann in tausend kleine Stückchen, die auf uns herunterprasselten.

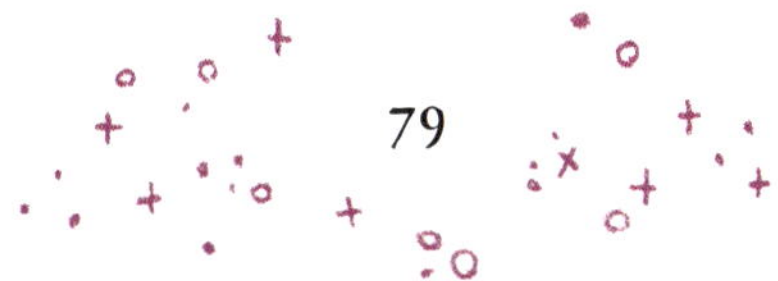

»Hilfe!«, rief Omi Fee, als ihr ein Stück Ton ins Gesicht klatschte. »Böser, böser Ton!«

Wuzzi-wuzzi-wuzzi!, krähte Ollie. Er quietschte vor Lachen und zeigte mit dem Finger auf Omi Fee.

Es dauerte nicht lange, bis uns auch noch der letzte Klumpen Ton, den es in der Werkstatt gab, um die Ohren flog. Den drei Gefäßen wuchsen immer mehr Henkel und Tüllen. An Mami Fees Ohr hing ein dickes Stück Ton und Tante Fee hatte einen großen Klecks auf der Nase, trotzdem schwenkten die drei weiter ihre Zauberstäbe und riefen Zaubersprüche.

»Jetzt reicht es aber!«, schimpfte Papi. »Das ist kein Wettbewerb! Sag es ihnen, Ella!«

»Wenn Feen nicht zusammenarbeiten, geht der Zauber schief«, rief ich. »Nur wenn Feen im Team arbeiten, klappt der Zauber! Ihr müsst die einfach Teamibus-Zauberformel benutzen!«

Mami, die völlig aus der Puste war, schaute mich an und fragte: »Was?«

»Das habe ich auf FeeTube gelernt«, erklärte ich. »Wenn beim Zaubern nur Chaos und Durcheinander herauskommt, kann man die Teamibus-Zauberformel benutzen, weil es sich nämlich zusammen besser zaubert als gegeneinander.«

Mami Fee zuckte zusammen, weil ihr in dem Moment ein Tonklumpen ins Gesicht klatschte. »Was für ein kluges Kind du bist, Ella«, sagte sie. »Du hast recht. Wir müssen im Team arbeiten, sonst bekommen wir den Ton nie wieder unter Kontrolle. Jo!«, rief sie. »Jo! Hör mit deinen Zaubersprüchen auf! Wir brauchen Teamibus!«

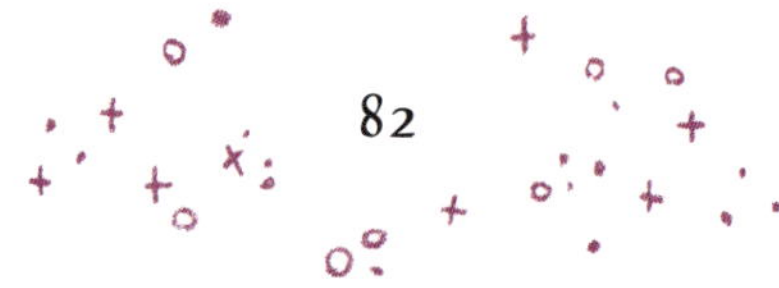

Tante Fee guckte finster. »Ich habe heute Geburtstag!«, sagte sie. »Ich will nicht im Team arbeiten – ich will gewinnen!« Aber plötzlich traf sie ein dicker Tonklumpen am Kopf und sie sagte: »Aua … Okay, vielleicht hast du recht.«

»Ich fürchte, ja«, seufzte Omi Fee und wischte sich klebrigen Ton von ihrer Brille. »Die ganze Sache ist aus dem Ruder gelaufen. Wir haben vergessen, was es bedeutet, eine gute Fee zu sein.«

Mami Fee, Tante Fee und Omi Fee bildeten einen Kreis. Sie mussten sich immer wieder ducken, weil ständig von irgendwo ein Tonklumpen angesegelt kam. Dann tippten Mami Fee und Tante Fee einen Zahlencode in ihre Magic Smarts ein und Omi Fee schwenkte ihren altmodischen Zauberstab, und anschließend riefen sie gemeinsam:

Hokuspokus Teamibus!

Einen kurzen Moment lang fingen alle drei an zu leuchten, als wäre der Lichtstrahl eines großen Scheinwerfers auf sie gerichtet. Sie lächelten sich an und auf einmal fielen die ganzen durch die Luft sausenden Tonklumpen zu Boden. Schlagartig kehrte wieder Ruhe in der Werkstatt ein und alle sahen froh und erleichtert aus.

»Puh!«, stöhnte Papi. Plötzlich hörten wir von draußen Schritte sich nähern. »Oh-oh. Unsere Lehrerin kommt zurück.«

Mami Fee, Tante Fee und Omi Fee schauten sich an.

»Kandierter Apfel«, sagte Mami Fee.

»Blaubeerkuchen«, sagte Tante Fee.

»Pfannkuchen«, sagte Omi Fee.

In der nächsten Sekunde waren sie wieder einfach nur Mami, Tante Jo und Omi.

Plötzlich keuchte Mami erschrocken auf und deutete auf die riesigen Gefäße. »Wir haben unsere Gefäße nicht zurückverwandelt!«

»Zu spät«, sagte Papi, als die Tür aufging und unsere Lehrerin hereinkam.

»Hallo!«, begrüßte sie uns. »Na? Wie hat alles geklappt?« Ihr Blick fiel auf Mami und sie riss die Augen auf. »Was ist denn mit Ihnen passiert! Sie sind ja von oben bis unten mit Ton beschmiert!«

»Ich habe mir mit meinem Gefäß wahnsinnig große Mühe gegeben«, sagte Mami hastig.

Erst jetzt sah die Lehrerin die drei riesigen merkwürdig aussehenden Gefäße. Sie wurde ganz bleich im Gesicht und machte kugelrunde Augen. »Du liebe Güte«, sagte sie und starrte die ganzen Tüllen und Henkel und schiefen Auswüchse an, die daran klebten. »Solche Gefäße habe ich in meinem ganzen Leben noch nicht gesehen.«

»Wie gefällt Ihnen meins?«, fragte Tante Jo. »Es ist das mit den fünf Henkeln und den drei Tüllen.«
Die Töpferlehrerin sah nicht so aus, als fände sie es besonders schön. Dann entdeckte sie Papis Gefäß.
»Das da ist aber hübsch«, sagte sie. »Ohne irgendwelchen Firlefanz und mit Liebe und Sorgfalt gearbeitet. Gut gemacht!«
Papi lächelte zufrieden.
Tante Jo brummte etwas, das wie »**Hmpf**« klang.
»Das hier gefällt mir auch ganz ausgezeichnet«, sagte die Töpferlehrerin und hielt mein Gefäß in die Höhe.
»Aber ihr habt es alle sehr gut gemacht. Das hier ist schließlich kein Wettbewerb.«
»Genau«, sagte Papi und ich musste lachen. Ich dachte an die Tonklumpen, die durch die Werkstatt geflogen waren, und fragte mich, was die Lehrerin wohl gesagt hätte, wenn sie das gesehen hätte!

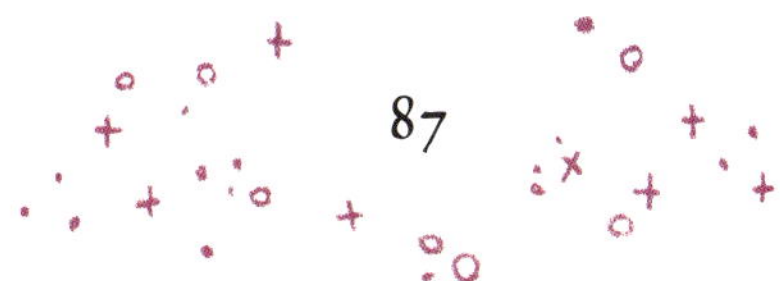

Nach dem Töpferkurs gingen wir zu Tante Jo nach Hause. Sie packte ihre Geschenke aus und wir sangen Happy Birthday und aßen superleckeren Kuchen. Danach schauten wir alle zusammen Jos Lieblingsfilm »Der Klang der Feenmusik«, während ich auf meinem Zeichenblock malte.

Ich malte all die seltsamen Gefäße und kicherte, weil sie so albern aussahen.

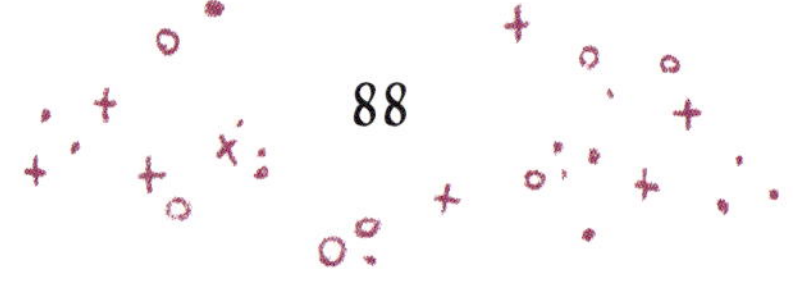

Ich malte den in Geschenkpapier eingewickelten Fernseher mit der großen Schleife drum herum. Dann dachte ich über Teamarbeit nach. Ich nahm mir vor, dass ich immer mit anderen Feen zusammenarbeiten würde, wenn ich groß war und zur Feenschule gehen würde.

»Mami, wie lange noch, bis ich auf die Feenschule darf?«, flüsterte ich.

»Das dauert noch ein kleines bisschen, Ella«, flüsterte Mami zurück.

»Ich kann es nämlich nicht erwarten, in einem Feen-Team zu arbeiten.«

»Du arbeitest doch jetzt schon in einem Feen-Team, Ella«, sagte Mami und drückte meine Hand. »Und du bist die beste Teamkollegin aller Zeiten.«

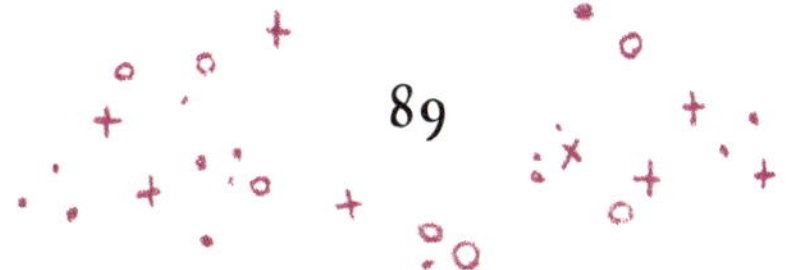

SCHNAPPERIBUS!

Die fiese Feenkönigin und eine wunderbare Meerjungfrau

Wir wollten mit der ganzen Klasse einen Ausflug machen – in ein Kunstmuseum. Mami hatte sich als Betreuerin gemeldet und kam deshalb auch mit. Ich war mächtig aufgeregt!

Als wir zur Schule fuhren, summte Mami gut gelaunt vor sich hin.

»Ich habe diese Woche viel gearbeitet, Ella«, sagte sie. Heute will ich einfach nur meinen Spaß haben.«

Es war ein schöner Sommertag und Mami hatte ein wunderhübsches Kleid an. Wir fuhren durch die

Straßen und die Sonne schien durch die Fenster in unser Auto, und ich hatte das Gefühl, vor Vorfreude zu platzen. Ich konnte es kaum erwarten, ins Museum zu kommen.

Miss Amy hatte uns im Unterricht schon alles über Kunstmuseen erzählt. Das sind besondere Gebäude, in denen es nur um Kunst geht und wo ganz viele Bilder an den Wänden hängen. Manche davon sind von sehr berühmten Künstlern gemalt worden. Wir würden Bilder von Menschen sehen, Bilder von unterschiedlichen Landschaften und Städten und Bilder von Tieren. Ich fragte mich, ob es dort auch Bilder von Feen zu sehen geben würde.

Wir parkten vor der Schule, stiegen aus und kletterten in einen Bus. Sonst haben wir alle bei solchen Ausflügen immer leckere Sachen zu essen und zu trinken mit, aber Miss Amy hatte gesagt, dass wir diesmal darauf verzichten müssten.

Die Fahrt zum Museum dauerte nicht lange. Es war

MUSEUM

ein riesiges Gebäude mit vielen Fenstern und einer gewaltigen Rolltreppe, die bis in das oberste Stockwerk hinauffuhr. Als wir vor der Rolltreppe standen, sagte mein bester Freund Tom andächtig: »Wow!«
Und meine beste Freundin Lenka sagte: »Ich habe noch nie so eine lange Rolltreppe gesehen! Das sieht aus, als würde man damit auf einen Berg fahren!«
Als wir oben angekommen waren, wären wir gerne noch einmal mit der Rolltreppe runter- und wieder hochgefahren, aber Miss Amy sagte, dafür wäre jetzt keine Zeit, weil jemand auf uns wartete, der uns die Kunstwerke zeigen wollte. Also gingen wir weiter, bis wir in eine Halle kamen, die Ausstellungsraum genannt wird. Sie war unglaublich groß und überall an den Wänden hingen Bilder. Am Eingang wurden wir von einer Frau begrüßt. »Herzlich willkommen in unserer Ausstellung, die unter dem Motto *Mittsommernachtstraum* steht«, sagte sie. »Wer von euch möchte Feenflügel oder eine Elfenkappe tragen?«

Alle riefen: »Ich! Ich!«

Ich schaute zu Mami, und wir lächelten uns heimlich an, weil die Feenflügel total klein waren und kein bisschen schimmerten. Aber sie waren ja auch nicht echt. Falsche Feen sind nun mal nicht so toll wie echte Feen.

Ich zog ein Paar Feenflügel über und Lenka setzte sich eine Elfenkappe auf. Als Tom sich Feenflügel überzog und sich dazu eine Elfenkappe aufsetzte, lachten wir alle. »Ach, Ella«, sagte Miss Amy zu mir, während sie sich ebenfalls Feenflügel überzog. »Ich habe hier noch ein Paar Feenflügel für deine Mami. Weißt du, wo sie ist?«

Ich schaute mich nach ihr um. Wo steckte sie nur?

In diesem Moment kam sie hinter einer Tür hervor – und war Mami Fee! Ihre riesigen Flügel schimmerten und bewegten sich, als sie auf uns zukam.

»Ich habe meine eigenen Feenflügel mitgebracht«, sagte sie lächelnd zu Miss Amy.

»Donnerwetter!« Miss Amy starrte Mami Fee mit großen Augen an. »Die sind ja wunderschön! Und was für eine bezaubernde Krone!«

Ich konnte nicht glauben, dass Mami sich vor allen Leuten als Fee zeigte!

»Keine Bange, Ella«, flüsterte sie mir zu. »Keiner wird irgendetwas merken. Alle denken, dass ich mich bloß verkleidet habe. Ha! Was für ein Spaß, findest du nicht auch?«

Wir setzten uns alle im Kreis auf den Boden, und die Museumsdame erklärte uns, wie man sich ein Bild

anschaut. Sie sagte, wir sollten ganz genau hinsehen, weil uns dann ganz viele Dinge auffallen würden. Zum Beispiel könnten wir uns überlegen, warum der Künstler bestimmte Farben oder eine besondere Maltechnik gewählt hat, oder überlegen, was die Menschen auf den Bildern wohl gerade machen oder wie das Wetter darauf ist.

Danach durften wir alleine herumlaufen und uns die Bilder anschauen, solange wir keinen Quatsch anstellten. Es waren nämlich auch noch andere Leute im Museum, und die Museumsdame sagte, dass wir Rücksicht nehmen und nicht zu laut oder zu wild sein sollten.

Ich schaute mir die Bilder zusammen mit Mami Fee an. Auf manchen waren tatsächlich Feen zu sehen,

genau wie ich es gehofft hatte. Wir blieben vor einem Bild stehen, das eine Fee zeigte, die auf einem Thron saß und eine Krone auf dem Kopf trug. Das Bild hieß *Die Feenkönigin*.

»Was fällt dir auf, wenn du dir das Bild anschaust, Ella?«, fragte Mami Fee.

»Mir fällt auf, dass die Fee wunderschön ist«, sagte ich. »Aber sie sieht ein bisschen schlecht gelaunt aus.«

»Finde ich auch«, sagte Mami Fee. Dann flüsterte sie: »Es ist gerade niemand in der Nähe. Sollen wir mal schauen, wie sie aussieht, wenn sie lächelt?«

Mami Fee holte ihr Handy heraus und es verwandelte sich in ihren Magic Smart. Sie tippte eilig einen Zahlencode ein – **piep-piep-blubs** –, zeigte auf das Bild und sagte:

Hokuspokus Lächlibus!

Plötzlich lächelte die Fee auf dem Bild und ich musste kichern. Mit einem Lächeln sah sie tausendmal schöner aus.

Dann gab Mami Fee einen anderen Zahlencode ein und sagte:

Hokuspokus Normalibus!

Sofort guckte die Fee wieder schlecht gelaunt.

Wir gingen weiter und schauten uns ein Bild mit einem düsteren Gewitterhimmel an.

»Hm«, machte Mami Fee. »Bei schönem Wetter könnte das alles noch viel toller aussehen.«

Sie tippte einen Zahlencode in ihren Magic Smart – **piep-piep-blubs** –, zeigte damit auf das Bild und sagte:

Hokuspokus Blauibus!

Doch plötzlich färbte sich nicht nur der Himmel blau, sondern das ganze Bild.

Ich riss die Augen auf. »Mami Fee! Man kann gar nichts mehr von dem Bild erkennen, weil alles blau geworden ist!«

»Ups«, sagte Mami Fee. »Wie konnte denn das passieren?« Hastig tippte sie einen anderen Zahlencode ein, sagte:

Hokuspokus Normalibus!,

und sofort sah das Bild wieder wie vorher aus. »Vielleicht sollte ich die anderen Bilder lieber in Ruhe lassen«, sagte sie, womit ich sehr einverstanden war.

Genau in dem Moment, in dem sie ihr Zauberhandy wieder wegsteckte, kamen Tom und Lenka auf uns zu.

»Wir sollen uns ein Bild aussuchen und versuchen, es abzumalen«, sagte Tom. »Ich will das mit dem unheimlichen Wald malen. Welches nimmst du, Ella?«

Wir liefen zusammen durch den Ausstellungsraum und schauten uns alle Bilder an, bis ich plötzlich ein Bild von einer Meerjungfrau entdeckte.

»Ich werde die Meerjungfrau malen«, sagte ich und lächelte Mami Fee zu, weil wir einmal echte Meerjungfrauen getroffen hatten.

»Ich auch!«, rief Lenka. »Ich liebe Meerjungfrauen!«

Die Museumsdame gab jedem von uns Stifte und ein Klemmbrett mit Malpapier. Lenka und ich setzten uns vor das Bild mit der Meerjungfrau und machten uns daran, es abzumalen. Das Meer darauf hatte sehr viele Wellen und die Flosse der Meerjungfrau war geschuppt. Als ich gerade versuchte, das Muster der Schuppen abzumalen, hörte ich plötzlich einen Mann schreien.

»Diebstahl!«, rief er. »Jemand hat ein Bild gestohlen. Die Feenkönigin ist verschwunden!«

Wir schnappten alle erschrocken nach Luft.

»Ein Dieb!«, sagte Lenka. »Komm, den schnappen wir uns!«

Auf einmal schrillte ganz laut eine Alarmglocke.

»Das bedeutet, ein Bild wurde gestohlen«, sagte Mami Fee ernst. »Wie schrecklich!«

»Alles in Ordnung, Kinder!«, rief Miss Amy. »Bleibt alle, wo ihr seid, und verhaltet euch ruhig!«

Aber wir waren alle aufgesprungen und wollten helfen, den Dieb zu fangen. Lenka und ich schauten uns überall um. Tom boxte und kickte in die Luft.

»Hu! Ha! Wenn wir den Dieb finden, halte ich ihn mit Kung Fu in Schach«, sagte er grimmig.

Tom kann richtig gut Kung Fu. Der Dieb musste sich wirklich in Acht nehmen.

Plötzlich sahen wir einen Mann in einem schwarzen Mantel, der zum Ausgang rannte.

»Da drüben!«, rief Lenka. »Da drüben ist er!«

Sie stürzte ihm hinterher, aber zwei Wachmänner in Uniform hatten dem Mann schon den Weg abgeschnitten und hielten ihn fest.

»Wo ist das Bild?«, fragte einer der Wachmänner streng. »Wo haben Sie es versteckt?«

»Das ist ein Irrtum!«, sagte der Mann. »Ich bin nicht der Dieb! Ich bin nur weggelaufen, weil ich vor dem Dieb Angst hatte!«

Er zog seinen Mantel aus und leerte seine Taschen, aber das Bild kam nirgends zum Vorschein.

»Verstecken Sie es vielleicht unter Ihrem Hut?«, fragte der andere Wachmann.

»Ich habe gar keinen Hut auf!«, sagte der Mann. »So glauben Sie mir doch, ich bin nicht der Dieb!«

Ich schaute mich in der Galerie um und da fiel mir eine Frau in einem hellen Mantel auf. Sie hielt ihre Arme vor dem Körper überkreuzt, so als würde sie etwas unter dem Mantel verstecken, und schlich gerade auf den Ausgang zu.

»Mami Fee!«, flüsterte ich. »Schau mal, die Frau da drüben! Sie ist die Diebin!«

Mami Fee schaute zu der Frau und ihre Augen wurden groß. »Ich glaube, du hast recht, Ella«, flüsterte sie zurück. »Komm, wir müssen sie aufhalten!«
Mami Fee holte ihr Handy heraus und es verwandelte sich wieder in ihren Magic Smart. Dann tippte sie einen Zahlencode ein – **piep-piep-blubs** –, zeigte damit auf die Frau und sagte:

Hokuspokus Schnapperibus!

Aber während sie die Zauberformel sagte, huschte die Frau schon heimlich aus dem Raum. Außer uns hatte niemand sie gesehen, weil alle zu dem vermeintlichen Dieb und den beiden Wachmännern schauten.
»Wie ärgerlich, jetzt ist sie uns entwischt!«, schimpfte Mami Fee. »Sie war zu schnell für mich! Los, Ella, hinterher!«

Wir nahmen die Verfolgung auf, aber die Frau war wirklich sehr schnell. Als wir aus dem Raum stürmten, fuhr sie gerade mit der Rolltreppe nach unten und hatte schon fast das Erdgeschoss erreicht. Niemand sonst war in der Nähe, der sie aufhalten konnte.

»Die kriegen wir nie!«, sagte ich. »Sie entkommt!«

»Das wollen wir doch mal sehen!«, sagte Mami Fee entschlossen. Sie tippte mit fliegenden Fingern einen Zahlencode in ihr Magic Smart – **piep-piep-blubs** –, zeigte damit auf die Rolltreppe und rief:

Hokuspokus Umkehribus!

Sofort fuhr die Rolltreppe in die entgegengesetzte Richtung. Statt nach unten fuhr sie jetzt nach oben – und brachte die Frau zu uns!

Die Diebin sah so erschrocken aus, dass ich kichern musste.

»Halt!«, rief sie wütend. »Ich muss nach unten!«
»Oh nein«, sagte Mami Fee. »Sie kommen schön nach oben und geben das Bild zurück!«
Die Frau begann, die Rolltreppe nach unten zu laufen, obwohl sie nach oben fuhr.
»Na warte!« Mami Fee tippte schnell einen anderen Zahlencode ein – **piep-piep-blubs** – und sagte:

Hokus-
pokus
Schneller-
ibus!

Die Rolltreppe verdoppelte ihr Tempo und brachte die Frau rasend schnell den ganzen Weg bis zu uns nach oben. Sie stolperte von der Treppe, dabei klaffte ihr Mantel vorne auf – und wir sahen das Bild der Feenkönigin!
Mami Fee packte die Frau am Handgelenk und rief: »Wir haben das Bild gefunden! Hierher! Sicherheitsdienst!«

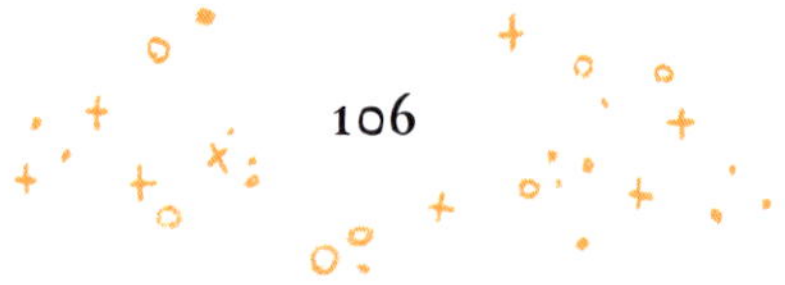

Die Frau versuchte sich aus Mami Fees Griff zu befreien, aber es gelang ihr nicht.
Sie funkelte Mami Fee böse an. »Wieso sind Sie so stark?«, sagte sie. »Haben Sie vielleicht Superkräfte oder so was?«
»Ich gehe eben regelmäßig ins Fitness-Studio«, sagte Mami Fee mit einem kleinen Lächeln.
Die beiden Wachmänner kamen zu uns gerannt und einer von ihnen nahm das Bild an sich. »Das ist es!«, rief er. »Sie haben die Diebin geschnappt! Gut gemacht!«
Der andere Wachmann schaute verblüfft zur Rolltreppe.
»Die Rolltreppe ist kaputt!«, sagte er. »Sie fährt in die falsche Richtung und ist viel zu schnell. Wir müssen das in Ordnung bringen.«
»Ja«, sagte Mami Fee und zwinkerte mir zu. »Das müssen Sie. Ich habe keine Ahnung, wie das passieren konnte.«

Danach schauten wir uns keine Bilder mehr an. Die Ausstellung wurde für den Rest des Tages geschlossen und wir gingen zum Mittagessen ins Museums-Café.

Mami Fee verwandelte sich wieder in eine normale Mami und sagte zu Miss Ami, sie hätte ihre Flügel ausgezogen.

Während wir alle an einem langen Tisch saßen, Sandwiches aßen und leckere Zitronenlimo tranken, kam die Museumsdame zu uns.

»Ich möchte mich ganz herzlich bei Ella und ihrer Mutter dafür bedanken, dass sie unser Bild aufgespürt haben«, sagte sie. »Wir sind deiner Mami und dir wirklich sehr dankbar, Ella. Das habt ihr toll gemacht!«

Alle klatschten und Tom rief: **»Hipp, hipp, hurra!«**

»Das ist vor allem das Verdienst unsrer Detektivin Ella«, sagte Mami. »Sie hat beobachtet, wie die Frau sich aus dem Staub machen wollte.«

»Das zeigt sehr gut«, sagte die Museumsdame, »wie wichtig es ist, immer die Augen offen zu halten, denn nur so können uns Dinge auffallen. Dir ist heute mehr aufgefallen als jedem anderen in diesem Museum, Ella.«

Als Dankeschön bekamen Mami und ich beide ein Geschenk überreicht. Es war ein Gutschein für den Museumsshop. Wir durften uns je ein Poster von einem der Bilder aus der Ausstellung aussuchen. Ich war sehr aufgeregt und freute mich, weil ich das Poster in meinem Zimmer aufhängen würde und es mir dann jeden Tag anschauen konnte.

»Wisst ihr schon, welches Bild ihr haben wollt?«, fragte Lenka uns. »Das mit der Feenkönigin?«

»Ich glaube, ja«, sagte Mami. »Es wird uns immer an unser Abenteuer heute erinnern. Auch wenn sie ein bisschen schlecht gelaunt aussieht. Und ich habe auch schon so eine Ahnung, für welches Bild sich Ella entscheiden wird …«

»Das mit der Meerjungfrau!«, sagte ich sofort, und Mami sagte: »Wusste ich's doch!«

Und dann schauten wir uns an und lächelten.

Sophie Kinsella

ist Schriftstellerin und ehemalige Wirtschaftsjournalistin. Ihre Schnäppchenjägerin-Romane um die liebenswerte Chaotin Rebecca Bloomwood werden von einem Millionenpublikum verschlungen. Die Verfilmung ihres Bestsellers »Shopaholic – Die Schnäppchenjägerin« wurde zum internationalen Kinohit. Mit »Mami Fee & ich« gibt die Mutter von vier Söhnen und einer Tochter ihr Debüt im Kinderbuch. Die Autorin lebt mit ihrer Familie in London.

Sophie Kinsella

Mami Fee & ich – Der große Cupcake-Zauber

120 Seiten, ISBN 978-3-570-17508-8

Die 7-jährige Ella hat eine ganz normale Familie: chaotischer kleiner Bruder, Papa und Mama. Hm, na ja, Ellas Mama ist nicht gaaaanz so wie andere Mütter. Denn: sie ist eine wischwaschechte Fee! Und Ella – ist ihre kleine Junior-Fee. So eine Feen-Mama ist super praktisch, wenn mal morgens wieder keiner Milch besorgt hat, oder die extra pingelige Nachbarin spontan zum Tee vorbeikommt. Denn, Hokuspokus, zaubert Mami dann – eine Kuh in die Küche und fliegenden Muffinteig. Wie gut, dass Ella ihrer Mama zur Hand geht, die ist nämlich die Allerallerbeste auf der Welt und immer guter Laune – nur mit dem Zaubern, da hapert es manchmal ein bisschen.

8384

www.cbj-verlag.de

Sophie Kinsella

Mami Fee & ich – Die zauberhafte Geburtstagsparty

120 Seiten, ISBN 978-3-570-17509-5

Die 7-jährige Ella kann es gar nicht abwarten, endlich richtig zaubern zu dürfen – so, wie ihre Mami! Aber bis dahin hat die kleine Junior-Fee noch viel zu tun. Mit Mami Fee ist schließlich immer was los! Erst mal muss Ella sich darum kümmern, dass sie und Mami nicht für immer Affengestalt behalten und dass der neue magische Kleiderschrank nicht so viel Unsinn baut. Ganz schön anstrengend! Da wäre doch ein Swimmingpool voller Vanille-Eis eine schöne Abkühlung ... Halt, so war das nicht gemeint!

Sophie Kinsella

Mami Fee & ich – Die magische Ballettstunde

120 Seiten, ISBN 978-3-570-17659-7

Die 7-jährige Ella und ihre Mami sind ein tolles Team. Kein Wunder, denn Ellas Mami ist eine wischwaschechte Fee und Ella ihre kleine Junior-Fee. Und die ist immer dann zur Stelle, wenn mal eine von Mamis Zaubereien schiefgeht. Das passiert leider zieeemlich oft. Dann wirbeln tanzende Schafe beim Picknick durch die Gegend, die magischen Spaghetti spielen verrückt und das Auto hebt auf einmal ab und benimmt sich wie ein Hubschrauber. Da ist es dann superpraktisch, dass Ella beim Feen-Unterricht so gut aufgepasst hat und immer eine Lösung findet.

www.cbj-verlag.de

8415